读四书五经
做高尚人

# 榜样故事
Bangyang Gushi

张福庄 著

知识产权出版社
全国百佳图书出版单位

图书在版编目（CIP）数据

榜样故事 / 张福庄著. — 北京：知识产权出版社，2016.9
ISBN 978-7-5130-4443-1

Ⅰ. ①榜… Ⅱ. ①张… Ⅲ. ①故事－作品集－中国－当代 Ⅳ. ①I247.81

中国版本图书馆 CIP 数据核字（2016）第 214874 号

### 内容提要

本书按"孝老、亲情、仁爱、诚信、义勇、俭朴、勤学、自强、爱国、敬业、清廉"分篇，基本涵盖了家庭道德、社会公德、职业道德中最重要的方面。共包含约 200 个典型的道德故事，涉及榜样人物 200 多个。这些人物的德行堪称世人之典范，从而使本书具有很强的形象性、生动性、示范性，能很好地唤起读者的共鸣，引发读者对人生价值的深刻反思。

责任编辑：李　娟

## 榜样故事
BANGYANG GUSHI

张福庄　著

| | | | |
|---|---|---|---|
| 出版发行： | 知识产权出版社有限责任公司 | 网　址： | http://www.ipph.cn |
| 电　话： | 010-82004826 | | http://www.laichushu.com |
| 社　址： | 北京市海淀区西外太平庄 55 号 | 邮　编： | 100081 |
| 责编电话： | 010-82000860 转 8594 | 责编邮箱： | aprilnut@foxmail.com |
| 发行电话： | 010-82000860 转 8101 / 8029 | 发行传真： | 010-82000893 / 82003279 |
| 印　刷： | 北京嘉恒彩色印刷有限责任公司 | 经　销： | 各大网上书店、新华书店及相关专业书店 |
| 开　本： | 720mm×1000mm　1/16 | 印　张： | 13 |
| 版　次： | 2016 年 9 月第 1 版 | 印　次： | 2016 年 9 月第 1 次印刷 |
| 字　数： | 180 千字 | 定　价： | 29.90 元 |

ISBN 978-7-5130-4443-1

出版权专有　侵权必究
如有印装质量问题，本社负责调换。

# 序　言

　　我是1998年从县人大常委会主任岗位上退下来的。退休后,县委令我接任老主任张跃庭同志的班,为县关心下一代工作委员会主任。通过十多年的实践,我体会到,做好下一代工作的确意义重大。

　　青少年时期是人生思想道德形成和发展的关键时期,思想道德教育对广大青少年的健康成长起着重大导向、动力和保障作用,关系到他们一生的前程,关系到未来整个国家、整个民族的前途和命运。

　　当前,我国正处在一个新的历史发展时期,受社会转型的环境影响,多种价值观念相互碰撞,给当代青少年的思想道德教育提出了严峻挑战。十八大后,中共中央办公厅印发了《关于培养和践行社会主义核心价值观的意见》,习近平总书记强调,要切实把社会主义核心价值观贯穿到全社会生活的方方面面,要从娃娃抓起,从学校抓起,做到进教材、进课堂、进头脑。为此,需要全社会深入地研究青少年道德教育规律,并投身于实践。

　　张福庄老师多年从事中小学思想道德教育工作,有丰富的德育实践经验,他从青少年的心理特点出发,潜心钻研,精心编撰了《榜样故事》这本书。这本书所设11个篇目,即孝老、亲情、仁爱、诚信、义勇、俭朴、勤学、自强、爱国、敬业、清廉,基本涵盖了当代人道德修养的各个重要层面,既继承了中华民族优秀的道德传统,又弘扬了社会主义核心价值观。所收录的榜样故事也都很感人。为了让孩子们便于学习,他精心编写了《修德四字经》,合辙押韵,朗朗上口。如果孩子们能够通过诵读《四字经》,将榜样人物的事迹牢记在心,认真向他们学习,可断言他们一生的路不会走偏。所以说,这是一个很好的德育读本。

　　更难能可贵的是,张老师已将《榜样故事》引进了课堂。现在,我们

## 榜样故事
### BANGYANG GUSHI

南皮县已有34所小学开设了《榜样故事》校本课程，近6000名学生在诵读《修德四字经》。这项实实在在的工作在孩子们的心灵上已结出了美丽而高尚的果实。

民国初期湖州的蔡振绅先生曾编辑过一本《八德须知全集》，现在的书名是《德育课本》，书中按照孝、悌、忠、信、礼、义、廉、耻分篇，共收录了768个感人的道德故事。蔡先生在自序中谈到了编写此书的缘由：他的父亲因得子较晚，为亲自教育两个儿子，辞去了公职。从四岁开始，他父亲每夜口授一则古人的嘉言懿行，内容均不离"八德"范畴。一年当中，除去除夕日和元旦，从未间断过。父亲讲授的道德故事使他受益终生，到了晚年，他便将童年所铭记的八德故事汇集起来，并考证史实编成了此书。蔡振绅先生用自己切身的体验印证了榜样的教化作用。蔡振坤先生的故事启示我们，作为家长、老师应该多多地关注孩子们的道德养成，更多地强化榜样教育，引领孩子们健康茁壮地成长。据此，我期盼着《榜样故事》读本能在社会上广加流传，期盼着《修德四字经》走进更多的课堂，发挥更大的社会效益。

2015年10月10日于墨缘斋

# 前　言

　　德，即品德、道德品质，它集中体现了一个人的人格修养和精神追求，决定着一个人的为人处世之道，是人立足于世的根本，是人成就事业的基础。《榜样故事》是针对青少年学生开发的德育读本，作者编著本书的目的在于帮助和引领广大青少年朋友树立起正确的道德理念。

　　按照道德条目，本书共精选了十一个方面的榜样，包括孝老、亲情、仁爱、诚信、义勇、俭朴、勤学、自强、爱国、敬业、清廉，基本涵盖了家庭道德、社会公德、职业道德中最重要的层面。这些美德世代相传，是中华民族优秀文化得以传承和光大的根脉，是炎黄子孙得以繁衍和发展的强大的精神支柱和永恒的动力源泉。

　　榜样的力量是无穷的。本书中共包含了211个典型的道德故事，涉及榜样人物200多个。这些人物的德行堪称世人之典范，能很好地唤起读者的共鸣，引发人们对人生价值的深刻反思。榜样既是镜子，又是旗帜；榜样既是启示，又是激励。希望这些人物能在青少年心中成为熠熠生辉的丰碑和路标，引领他们健康茁壮地成长。

　　作者还根据这些榜样的事迹精心编撰了《修德四字经》，采取了四字韵文的形式，更便于诵读。如果每个孩子都能将《修德四字经》熟记于心，时时对照反省，如果人人都能见贤思齐，行效世范，正心修德，积善成德，我们和谐社会梦想的实现还会远吗？

# 目　录

一、孝老篇 ·············001
　修德四字经 ·········002
　榜样故事 ···········004
　　虞舜大孝 ·········005
　　文王侍膳 ·········005
　　拾葚异器 ·········005
　　茅容杀鸡 ·········006
　　扼虎救父 ·········006
　　诸娥滚钉 ·········007
　　彩鸾救父 ·········007
　　木兰从军 ·········008
　　伯俞泣杖 ·········008
　　老莱娱亲 ·········009
　　汉文尝药 ·········009
　　涤亲溺器 ·········010
　　佩杰孝母 ·········010
　　背妈上班 ·········011
　　孝行天下 ·········011
　　醒母动天 ·········011
　　割皮救父 ·········012
　　儿媳捐肝 ·········013
　　孝养七老 ·········013

二、亲情篇 ·············015
　修德四字经 ·········016
　榜样故事 ···········018
　　陈昉百犬 ·········019
　　张闰无私 ·········019
　　李绩焚须 ·········019
　　赵孝争死 ·········020
　　薛包分产 ·········021
　　彦霄焚券 ·········021
　　王何散资 ·········022
　　申蒋移奁 ·········022
　　绝症织梦 ·········023
　　暴走妈妈 ·········023
　　长姐养残 ·········024
　　许张育瘫 ·········025
　　映珍日记 ·········026
　　菊珍无悔 ·········026
　　耀华爱妻 ·········027
　　兴明采药 ·········028
　　贤媳桂兰 ·········029
　　贤婿延信 ·········029
　　邦月不残 ·········030

## 三、仁爱篇 ………… 033
  修德四字经 ………… 034
  榜样故事 ………… 036
    孔子仁爱 ………… 037
    孟子恻隐 ………… 037
    师德宽容 ………… 038
    刘宽多恕 ………… 038
    世期义行 ………… 039
    士谦好施 ………… 039
    公义变俗 ………… 040
    仲淹义田 ………… 041
    雷锋精神 ………… 041
    好人明义 ………… 042
    丛飞助学 ………… 042
    盛兰拾荒 ………… 043
    阿里育孤 ………… 044
    茂芳养残 ………… 044
    爱村春亮 ………… 045
    首善德旺 ………… 046
    魔豆妈妈 ………… 046
    何玥遗愿 ………… 047
    全城吃面 ………… 048

## 四、诚信篇 ………… 049
  修德四字经 ………… 050
  榜样故事 ………… 052
    孔子言信 ………… 053
    司马诚诚 ………… 053
    一诺千金 ………… 054
    远语无妄 ………… 054
    孝基还财 ………… 054
    阎敞守信 ………… 055
    张劭待式 ………… 055
    朱晖许堪 ………… 056
    王伟还奖 ………… 056
    永生不贪 ………… 056
    完璧归赵 ………… 057
    巨款奉还 ………… 058
    武还夫债 ………… 058
    黄还父债 ………… 059
    为之还款 ………… 060
    清账年前 ………… 061
    傻子粮油 ………… 061
    诚信鸡蛋 ………… 062
    良心油条 ………… 062

## 五、义勇篇 ………… 065
  修德四字经 ………… 066
  榜样故事 ………… 068
    云敞葬师 ………… 069
    郑弘上章 ………… 069
    挂印封金 ………… 070
    巨伯请代 ………… 070
    苟母勉子 ………… 071
    千古义丐 ………… 071
    姐妹护羊 ………… 072
    正祥护滇 ………… 073
    中和守患 ………… 073

万家义渡 …………… 074
　　先救邻子 …………… 075
　　俊贵守墓 …………… 076
　　青刚无畏 …………… 077
　　祥斌勇敢 …………… 078
　　残疾长秋 …………… 078
　　英雄翁婿 …………… 079
　　最美妈妈 …………… 080
　　最美教师 …………… 080
　　一坠惊天 …………… 081

**六、俭朴篇** …………… 083
　修德四字经 …………… 084
　榜样故事 …………… 086
　　颜回贤行 …………… 087
　　墨子节用 …………… 087
　　晏子拒奢 …………… 088
　　文子律己 …………… 089
　　汉文陵寝 …………… 089
　　马后母仪 …………… 090
　　宋祖俭约 …………… 090
　　叶颙唯俭 …………… 091
　　东坡挂钱 …………… 091
　　旧袍张俭 …………… 092
　　埋羹太守 …………… 092
　　食粥心安 …………… 093
　　商隐咏史 …………… 093
　　司马训康 …………… 094
　　庆龄俭用 …………… 094

　　老舍惜衣 …………… 095
　　书福朴素 …………… 095
　　传代拾捡 …………… 096
　　"光盘行动" …………… 097

**七、勤学篇** …………… 099
　修德四字经 …………… 100
　榜样故事 …………… 102
　　买臣负薪 …………… 103
　　李密挂角 …………… 103
　　信本观碑 …………… 104
　　高凤流麦 …………… 104
　　公孙削竹 …………… 104
　　温舒编蒲 …………… 105
　　怀素书蕉 …………… 105
　　车胤囊萤 …………… 106
　　孙康映雪 …………… 106
　　凿壁借光 …………… 107
　　孙敬悬梁 …………… 107
　　苏秦刺股 …………… 107
　　温公警枕 …………… 108
　　闻鸡起舞 …………… 108
　　韦编三绝 …………… 109
　　临池学书 …………… 109
　　退笔成冢 …………… 109
　　十八缸水 …………… 110
　　陆游书巢 …………… 111
　　玄奘西游 …………… 111
　　羡林笔耕 …………… 112

III

## 八、自强篇 ·················115
修德四字经 ··············116
榜样故事 ··············118
 文王演易 ··············119
 孙膑兵法 ··············119
 卧薪尝胆 ··············120
 司马忍辱 ··············120
 海迪志坚 ··············121
 轮椅晶晶 ··············122
 苗木常玉 ··············122
 强者李丽 ··············123
 无臂展中 ··············124
 达人刘伟 ··············125
 杨佩刺绣 ··············125
 建海修表 ··············126
 失聪丽华 ··············127
 励志舟舟 ··············127
 不屈晨飞 ··············128
 盲画冰山 ··············129
 怀保当家 ··············129
 战辉养家 ··············130
 坚强林香 ··············131

## 九、爱国篇 ·················133
修德四字经 ··············134
榜样故事 ··············136
 屈原沉江 ··············137
 杜甫草堂 ··············137
 陆游忧国 ··············138

 心系兴亡 ··············139
 苏武牧羊 ··············139
 天祥丹心 ··············140
 鸿昌挂牌 ··············140
 明翰绝唱 ··············141
 岳飞精忠 ··············142
 继光抗倭 ··············142
 世昌殉国 ··············143
 靖宇血战 ··············144
 气象可桢 ··············144
 航天学森 ··············145
 大师罗庚 ··············146
 当代毕升 ··············147
 飞人刘翔 ··············147
 诺奖莫言 ··············148
 利伟飞天 ··············149

## 十、敬业篇 ·················151
修德四字经 ··············152
榜样故事 ··············154
 大禹治水 ··············155
 诸葛治蜀 ··············155
 刚正包拯 ··············156
 青天海瑞 ··············157
 裕禄抗灾 ··············157
 善洲植松 ··············158
 爱藏繁森 ··············159
 爱平为公 ··············160
 米神隆平 ··············161

旭华埋名 …………162
　　九旬巴金 …………162
　　仁医佩兰 …………163
　　铁人进喜 …………164
　　抓斗起帆 …………164
　　天使文珍 …………165
　　邮路顺友 …………166
　　援朝继光 …………167
　　缉毒正彬 …………168
　　消防李隆 …………169
**十一、清廉篇** …………171
　修德四字经 …………172
　榜样故事 …………174
　　彦谦官贫 …………175
　　隐之清苦 …………175
　　怀慎饥寒 …………176
　　香涛清廉 …………177
　　廖凝挈瓢 …………178

　　陆绩廉石 …………179
　　赵轨杯水 …………179
　　刘宠一钱 …………180
　　苏琼悬瓜 …………180
　　羊续悬鱼 …………180
　　杨震四知 …………181
　　雷义辞谢 …………181
　　包拯贡砚 …………182
　　子罕却玉 …………182
　　孔颛辞米 …………183
　　鸣珂杖妻 …………183
　　于谦清风 …………184
　　成龙青菜 …………185
　　"不许发财" …………186
**十二、行效世范** …………187
　修德四字经 …………188
**自强的音符　厚德的乐章** 189
**后　记** …………191

# 一、孝❶老篇

在人的一生中,对自己恩情最深重的莫过于父母。是父母给了我们生命,是父母哺育❷我们长大。一个人如果对父母都不知报答,那他就丧失了人生来就该有的良心。

感恩父母、孝敬父母是我们中华民族的传统美德。本篇收录的人物故事,有的是事事处处"以孝为先",有的是当父母面临危难时挺身而出,有的是对父母关心体贴、细心照料,他们给我们做出了很好的榜样。

---

❶孝(xiào):对父母尽心奉养并顺从。
❷哺(bǔ)育:喂养;比喻培养。

## 修德四字经

虞舜[1]大孝,尧[2]以[3]位传。

文王[4]重礼[5],问安侍膳[6]。

河南蔡顺,拾葚[7]异器。

汉代茅容,鸡菜分端。

晋有杨香,勇扼[8]虎颈。

明有诸娥,敢滚钉板。

彩鸾救父,题诗投水。

木兰从军,十年征战。

伯俞泣杖,痛母力衰。

老莱着[9]彩,娱亲心欢。

汤药亲尝,汉帝刘恒。

---

[1] 虞(yú)舜(shùn):传说中上古帝王名。

[2] 尧(yáo):传说中上古帝王名。

[3] 以:用;拿。

[4] 文王:周文王姬昌(公元前1152—公元前1056),姬姓,名昌,是周太王之孙,季历之子,周朝奠基者。

[5] 重礼:重视礼节。

[6] 侍膳(shàn):陪伴伺候吃饭。

[7] 葚(shèn):桑树的果穗,味甜,可以吃。

[8] 扼(è):用力掐住。

[9] 着(zhuó):穿(衣)。

一、孝老篇

溺器❶亲洗,太史庭坚。

佩杰八岁,照料养母。
斌强五年,背妈上班。
凯锐感恩,孝行天下。
清章醒母,乐享天年❷。

培洋接力,割皮救父。
儿媳建霞,为父捐肝。
独苗百根,赡养❸七老。
百善万行,以孝为先。

---

❶溺(nì)器:小便用的容器。
❷天年:指人的寿命。
❸赡(shàn)养:供给生活所需,特指子女对父母在物质上和生活上进行帮助。

榜样故事

## 一、孝老篇

## 虞舜大孝

　　舜还小的时候母亲就去世了,父亲又娶了一个妻子,并生了个儿子叫象。舜平常很孝顺父母,关心弟弟。而父亲却不喜欢他,只宠爱后妻和象,三人甚至多次合谋想害死舜。有一次,他们让舜去修补谷仓仓顶,他们就从谷仓下放火,舜只好手持两个斗笠❶从高高的仓顶上跳下来逃脱了。后来,他们又让舜去掘井,舜到了井下,父亲与象却下土填井,舜被逼无奈,就在井下掘了个地道逃脱了。事后,舜毫不记恨他们,仍对父亲恭顺,对弟弟慈爱。二十岁时,舜就以孝闻名于天下了。

　　后来,部落❷联盟领袖❸帝尧年事❹已高,要选继承人,大家一致推举舜。于是,尧就将自己的两个女儿嫁给舜,又让舜管理百官,来观察和考验舜的品德和才能。经过多年的考验,尧将帝位禅让❺给了他。

## 文王侍膳

　　姬昌在父亲季历还在世时,每天都会在早晨鸡叫的时候、正午的时候和晚上穿好了礼服,站到父亲的卧室门外恭敬地问安。听说父亲安好,他就面有喜色,听说父亲身体有点不舒服,他就愁容满面。每次父亲进膳前,姬昌一定亲自去视察饭菜是否太冷了或太热了。等到父亲吃完了饭,把饭菜端了下来,姬昌就问侍从父亲吃得怎样。父亲季历死后,姬昌继承了西伯之位,共在位50年。

## 拾葚异器

　　蔡顺,东汉汝南或安城(今属河南省)人。他少年时丧父,对他的母

---

❶斗笠(lì):遮阳光和雨的帽子,有很宽的边。
❷部落:由若干血缘相近的氏族结合而成的集体。
❸领袖:国家、政治团体、群众组织等的最高领导人。
❹年事:年纪。
❺禅(shàn)让:帝王把帝位让给别人。

005

亲特别孝顺。当时正赶上王莽之乱,又遇上天灾,柴米很昂贵,蔡顺只好捡些桑葚来充饥。一天,他在拾葚时,正巧遇上赤眉军,一位军官厉声问道:"你为什么把红色的桑葚和黑色的桑葚分开装在两个篓子里?"蔡顺回答说:"黑色的桑葚是供老母食用的,红色的桑葚是留给自己吃的。"那位军官怜悯他的孝心,就送给他三斗白米和一头牛,让他带回去供奉他的母亲,以示敬意。

## 茅容杀鸡

茅容,东汉陈留(今河南省杞❶县)人。茅容四十多岁了,靠种田来养活老母。一天,他正在田间劳动,忽然下起了大雨。众人一起跑到大树下避雨,其他人坐得很随便,而且说笑很随意。只有茅容正襟危坐❷,不说不笑。刚好当时大名鼎鼎的学者郭林宗路过这里,看见茅容与众不同,就来到他面前施礼,二人谈得十分融洽。

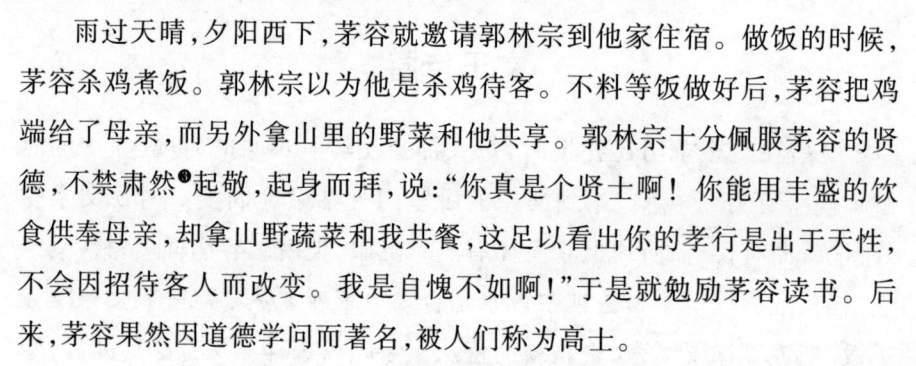

雨过天晴,夕阳西下,茅容就邀请郭林宗到他家住宿。做饭的时候,茅容杀鸡煮饭。郭林宗以为他是杀鸡待客。不料等饭做好后,茅容把鸡端给了母亲,而另外拿山里的野菜和他共享。郭林宗十分佩服茅容的贤德,不禁肃然❸起敬,起身而拜,说:"你真是个贤士啊!你能用丰盛的饮食供奉母亲,却拿山野蔬菜和我共餐,这足以看出你的孝行是出于天性,不会因招待客人而改变。我是自愧不如啊!"于是就勉励茅容读书。后来,茅容果然因道德学问而著名,被人们称为高士。

## 扼虎救父

杨香,晋朝人。杨香十四岁的时候,跟随父亲杨丰到田里去收割稻子。忽然跑来一只猛虎,把她父亲扑倒要叼走。当时杨香手无寸铁❹,为救父亲,她全然不顾自己的安危,急忙冲上前,用尽全身力气掐住猛虎的

---

❶杞(qǐ):周朝国名。
❷正襟(jīn)危坐:理好衣襟端端正正地坐着,形容严肃或拘谨的样子。
❸肃(sù)然:十分恭敬的样子。
❹手无寸铁:形容手里没有任何武器。

脖子。猛虎受到惊吓,放下她父亲跑掉了。当地太守将杨香勇救父亲的事迹上报给了朝廷,皇帝就下了一道圣旨,表彰杨香的孝顺行为。

## 诸娥滚钉

明朝时候,山阴(今浙江绍兴)有一个人叫诸士吉,他有一个小女儿叫诸娥。诸士吉在洪武初年管着粮税的事务,因受人诬告,要判死刑,官府还把他的两个儿子也都关到了牢狱里。当时诸娥只有八岁,看到家里家破人亡,就日夜不停地悲哭。后来诸娥就和他的舅舅陶山长一同到京城里去诉冤。那时候有种限制诉冤的法令,要诉冤屈的人必须先"滚"钉板,否则是不肯重审的。诸娥的志向很坚决,便在钉板上反复打滚,险些死了。官吏们看到后,就重新审问了这个案子,结果只把她的一个哥哥充军❶到边疆去,还了她父亲和另一个哥哥的清白。后来,诸娥因为受伤太重死了。乡亲们都很敬重她舍身救父的行为,就给她塑了肖像,供在庙里。

## 彩鸾救父

元朝时候,有个叫徐彩鸾的女子,读过很多书,很有才学。至正年间,强盗们来打浦❷城。徐彩鸾跟随父亲徐嗣❸源逃难,父女俩拼命跑,徐嗣源还是被强盗追上了。强盗要杀了徐嗣源,彩鸾不顾自己的安危,从躲藏的地方走出来,流着泪对强盗们说:"这是我的父亲,你们就杀了我吧,我愿代替父亲去死。"强盗们一见有年轻女子站出来,便丢下徐嗣源,都来逼近徐彩鸾。彩鸾大声对父亲说:"父亲快逃!女儿是明白大义的,一定不会让他们污辱!"然后就向另一个方向跑去。彩鸾一直跑到了桂林桥,强盗们也追了上来。徐彩鸾见无路可逃了,便从地上捡起一根炭,

---

❶充军:古代的一种流刑,把罪犯押送到边远地方当兵或者服劳役。
❷浦(pǔ):水边或河流入海的地方(多用于地名)。
❸嗣(sì):接续,继承。

在桥头的板壁上题了一句诗:"惟❶有桂林桥下水,千年照见妾❷心清。"题完诗后,她把强盗们大骂了一顿,毅然投河自尽了。

## 木兰从军

花木兰(公元412—502),北魏宋州虞城(今河南商丘市虞城县)人,是中国南北朝时期一个传说色彩极浓的巾帼❸英雄。

花木兰从小跟着父亲骑马射箭,练就了一身好武艺。那时候,北方经常发生战争。一天,朝廷下达了紧急征兵的文书。木兰见上面有父亲的名字,焦急万分。她想:父亲年老多病,难以出征,弟弟又小,还不够当兵的年龄,自己理应为国为家分忧。于是决定女扮男装,替父从军。木兰说服了家人,披上战袍,跨上骏马,渡过黄河,翻过燕山,来到了前线。

战争持续了十二年,木兰为国家立了大功,成了赫赫有名❹的将军。

战争结束后,木兰回到了家乡。她脱下战袍,又穿上了心爱的女装。前来探望木兰的将士们都惊呆了。他们怎么也没想到,那英勇善战的花将军,竟是一位年轻的姑娘!

## 伯俞泣杖

韩伯俞,汉代梁州(今四川、陕西、甘肃一带)人,生性孝顺。母亲对他十分严厉,有时因他做错了事而发火,就会用手杖打他。每当这时,他就会低头躬身地等着挨打,不加辩解也不哭。直等母亲打完了,气也渐渐消了,他才和颜悦色地低声向母亲谢罪,母亲也就转怒为喜了。

到了后来,母亲上了年纪,一次因为生气又举杖打他,可是打在他身上一点也不重。伯俞忽然哭了起来,母亲感到十分奇怪,问他:"以前打你时,你总是不言声,也不曾哭过。现在怎么这样难受,难道是因为我打得太疼吗?"伯俞忙说:"不是不是,以前挨打时,虽然感到很疼,但是因为

---

❶惟(wéi):单单;只。
❷妾(qiè):旧时女子谦称自己。
❸巾帼(guó):巾和帼是古代妇女戴的头巾和发饰,借指妇女。
❹赫(hè)赫:显著盛大的样子。

知道您身体康健,我心中庆幸以后母亲疼爱我的日子还很长,可以常承欢膝下❶。今天母亲打我,一点儿也不疼,可见母亲已年老体弱,所以心里悲哀,才情不自禁地哭泣!"韩母听了将手杖扔在地上,长叹一声,无话可说。

## 老莱娱亲

春秋时,楚国有位隐士❷,名叫老莱子,已年过七十了。老莱子非常孝顺父母,对父母体贴入微,千方百计讨父母的欢心。为了让父母过得快乐,老莱子特地养了几只美丽善叫的鸟让父母玩耍。他自己也经常引逗鸟,让鸟发出动听的叫声。

一次,他专门做了一套五彩斑斓❸的衣服,走路时也手舞足蹈,父母看了乐呵呵的。

一天,他往屋里打水,不小心跌了一跤。他害怕父母担心,故意装着婴儿啼哭的声音,还在地上打滚。父母还真的以为老莱是故意跌倒打滚的,见他老也爬不起来,笑着说:"莱子真好玩啊,快起来吧。"

## 汉文尝药

汉文帝刘恒(公元前202—公元前157年),是汉高祖的第四个儿子,他的母亲是薄太后。

文帝生来很孝顺。他日日夜夜奉养母亲薄太后,从来没有懒惰过。薄太后曾经卧病三年,文帝服侍他母后的病,总是殷勤❹备至,看护得很周到。夜间睡觉的时候,从没有脱过衣服,眼睛也不敢闭好。给母亲煎的汤药,总是先要亲自尝过了,再送到薄太后面前,请母后吃。为此,文帝仁孝的名声传遍了天下。

---

❶承欢膝(xī)下:迎合人意,博取欢心,特指侍奉父母使感到欢喜。
❷隐士:隐居的人。
❸斑(bān)斓(lán):灿烂多彩。
❹殷(yīn)勤:热情而周到。

## 涤[1]亲溺器

黄庭坚,北宋洪州分宁(今江西省修水县)人,著名诗人、书法家。

黄庭坚自幼孝顺父母。做太史时,虽然公务十分繁忙,但每天忙完公事回来,他一定会亲自陪在母亲身边,以便时时感受母亲各方面的需要,精心侍候母亲,事事力争都达到母亲的欢喜满意。

母亲有特别爱卫生的习惯。黄庭坚为了避免因为仆人清洗便桶不够干净,让母亲心生烦恼,他就坚持每天亲自为母亲刷洗便桶,数十年如一日,从不间断。

## 佩杰孝母

孟佩杰,1991年出生,山西省临汾市隰[2]县人。她5岁时生父因车祸去世,生母又有重病,无奈将她送人领养,不久生母去世。5岁的孟佩杰由养母刘芳英照顾,三年后养母刘芳英因病瘫痪,不久后,养父不堪[3]生活压力离家出走,此后便杳无音讯[4]。

8岁的孟佩杰开始为生计[5]操劳,承担起侍奉瘫痪养母的重任。每个月俩人就靠养母微薄的病退工资生活。孟佩杰每天在上学之余要买菜做饭,替养母洗漱梳头、换洗尿布、涂抹药膏。就这样日复一日地照料养母,任劳任怨,不离不弃。

2009年,孟佩杰被距离家乡百公里外的山西师范大学临汾学院录取。她不放心瘫痪在床的养母,决定"带着母亲上大学",在学校附近租了房子,继续悉心照料着养母。

十二年,4000多个日子,孟佩杰不仅在生活上照顾了养母刘芳英,更重要的是,她让刘芳英渐渐找回了生活下去的责任和勇气。

---

[1] 涤(dí):洗。
[2] 隰(xí):低湿的地方。
[3] 不堪(kān):承受不了。
[4] 杳(yǎo)无音讯:没有一点消息。
[5] 生计:维持生活的办法。

2011年,孟佩杰因孝心在网络上走红,后被评选为第三届全国道德模范、2011年度感动中国人物。

## 背妈上班

陈斌强,1976年出生,浙江省磐❶安县冷水镇中心学校初中语文教师。

陈斌强9岁时父亲因车祸去世,妈妈独自抚养三个孩子长大。2007年,妈妈患上了老年痴呆症,生活不能自理。为了能每天亲自照顾母亲,家住县城的陈斌强,每周都会用一根布条把母亲绑在自己身上,骑着电动车行驶30公里去学校上班。到了周末,又将母亲"绑"回家中照料。开始同事们都不太理解,说:"这样带在身边照顾,一两天倒可以,一年两年怎么吃得消?"可陈斌强做到了,一连五年,风雨无阻带着妈妈上班。而且,从没有因此而影响自己的工作。

陈斌强获得2012年度感动中国人物等荣誉称号。

## 孝行天下

王凯、王锐两兄弟,黑龙江省兰西县人。

为了完成父亲的遗愿,也为了满足晕车的母亲的旅游梦想,年近六旬❷的王凯、王锐兄弟俩,自制"感恩号"板车,徒步❸拉着年近八旬的母亲,先后两次从老家出发,历时近两年的时间,行走共计37000里路,游遍全国,甚至还到了台湾。这一路非常辛苦,也非常传奇,他们的举动感动了沿途很多人,他们的旅程被称为"孝行天下"。

## 醒母动天

朱清章,1950年生,内蒙古自治区包头市石拐区矿务局退休职工。

1975年冬天,朱清章的母亲突发脑溢血,成了"植物人"。父亲又因

---

❶磐(pán):大石头。
❷旬(xún):十日为一旬,一个月分上中下旬;十岁为一旬。
❸徒(tú)步:步行。

## 榜样故事
BANGYANG GUSHI

工伤[1]患了震颤麻痹综合征,年轻的朱清章独自撑起了这个家。后来,朱清章得知了自己被抱养[2]的身世,但是他没有丢弃这对养育过自己的苦命夫妻。

1977年,张凤英嫁给了朱清章,和他一道承担起了伺候两位老人的责任。

1997年,瘫痪在床14年的父亲去世了。两年后张凤英患胃癌[3]也离开了人世,朱清章一下子垮了下来,但母亲还在,需要他的照料。他坚强地挺了过来。

2004年中秋节,奇迹发生了,母亲竟然伸出手拉住了他,用两个手指头捏起一块鸡蛋,示意要他吃进嘴里。母亲的手能动了,朱清章高兴得流下了眼泪。

2006年的一天,朱清章在火炉上烧了一壶水后,便出去劈柴。20分钟后,当朱清章回到屋里时,惊奇地发现母亲正一只手提着水壶站在火炉边,含糊不清地责怪他:"水都烧开了,你干什么去了?"从此,这位在床上一躺就是30年的老人终于能下地行走了。

后来,这位80多岁的老太太不仅能生活自理,还能生火、做饭,一家人其乐融融,尽享着天伦之乐[4]。

2011年,朱清章被评选为第三届全国道德模范。

## 割皮救父

"孝义兄弟"刘培、刘洋,两人大学毕业后均在武汉工作,分别是海天教育武汉分校职工、武昌机务段火车司机。2013年6月中旬,父亲刘盛均在工厂工作时发生意外,全身96%的皮肤被重度烧伤,生命垂危[5]。虽然知道大面积取皮存在风险,但刘培、刘洋兄弟俩都试图说服对方,用自己

---

[1] 工伤:在生产劳动过程中受到的意外伤害。
[2] 抱养:把别人家的孩子抱来当自己的孩子抚养。
[3] 癌(ái):上皮组织生长出来的恶性肿瘤。
[4] 天伦(lún)之乐:指家庭中亲人团聚的快乐。
[5] 垂危:病重将死;(国家、民族)临近危亡。

的皮肤去挽救父亲。就在双方争执不下时,哥哥刘培乘弟弟上班时,偷偷签下了手术单,抢先将身上10%的表皮移植给了父亲。

与此同时,为了替父亲筹集❶巨额手术费,弟弟刘洋毅然将交完首付几个月的一套新房变卖,所得20余万元全部用于给父亲治疗。

8月10日,当父亲再次需要进行移植手术时,弟弟刘洋抢着签下了手术合同。

2013年,刘培、刘洋当选第四届全国道德模范。

## 儿媳捐肝

张建霞,1982年生,河北省行唐县龙州镇西关村村民。

2007年4月,张建霞的公公被医院确诊为早期肝癌。医生告诉他们,目前最好的治疗方法是肝移植,但要等待有配型合适的肝源。

就在一家人因肝源问题一筹莫展❷时,张建霞瞒着家人做了化验,在确定能为公公做肝移植时,她平静而坚决地对丈夫和公婆说:"用我的,我是O型血"。公公婆婆坚决不同意。张建霞劝说道:"爹、娘,别人能捐,我就能捐。你们不同意,就是不把我当自家人。如果因为没有肝源我爹不在了,我能给爹捐却没捐,一辈子也不会心安的。"

在建霞的坚持下,医院将她2/3的肝脏成功地移植给了公公,延续了老人的生命。

2009年,张建霞当选第二届全国道德模范。

## 孝养七老

王百根出生于20世纪30年代初,河北省文安县史各庄镇口上村人。

良好的家庭教育使王百根从小就养成了尊老敬老的道德品质。由于他是他们那一个家族唯一的男丁,几个家庭就守着一根独苗,所以取名叫"百根"。那些年月,爷爷去世早,留下奶奶;二爷二奶奶、三爷三奶

---

❶筹(chóu)集:筹措聚集。
❷一筹莫展:一点儿计策也施展不出;一点儿办法也想不出。

## 榜样故事
BANGYANG GUSHI

奶成家后也都无儿无女;在百根12岁的时候,他的父亲因病去世,撇下母亲;叔叔结婚一年后去当兵,一直下落不明,剩下婶子。照顾一家人的重担便落在了年幼的百根身上。从此,他便与这七位老人相依为命,走上了长达66年的孝义之路。

在王百根的悉心照料下,老人们都心情愉快,身体健康,直至黄发鲐背❶,无疾而终。王百根的母亲84岁去世,三奶奶87岁去世,婶子98岁去世。老人们在世时没有任何遗憾,有的只是发自内心地对王百根的感激和挂念。村里人说,前几年老人们在世的时候,来王百根家,总会看见一个炕上坐着三个老太太,心里都会觉得暖暖的。

年过八旬的王百根说:"七位亲人我都养老送终了,我的任务完成了,我这辈子没什么遗憾了。"

---

❶黄发鲐(tái)背:指长寿老人,也泛指老年人。黄发,老年人头发由白转黄,后常指老年人。鲐背,鲐鱼背上有黑斑,老人背上也有,因此常借指老人。

# 二、亲情篇

　　能走进同一个家庭就是一种缘分。亲情是珍贵的,拥有亲情是幸福的。我们应该珍惜这种缘分,珍惜每一份亲情,与他们休戚与共❶,承担起自己在家庭中应尽的责任。

　　本篇收录的既有和睦共处的大家庭的榜样,又有兄弟姐妹妯娌❷之间、母子之间、夫妻之间相亲相爱的典范。

---

❶休戚(qī)与共:彼此共同承受幸福与灾祸。
❷妯(zhóu)娌(lǐ):哥哥的妻子和弟弟的妻子的合称。

## 修德四字经

陈昉❶合族,同堂共餐。
张闰百口,和睦无间❷。
李绩敬姐,煮粥燎须。
赵孝爱弟,舍命自愿。

让好取差,薛包分产。
替兄还债,彦霄焚券。
簪珥不余,王何散资。
全赠小姑,申蒋移奁❸。

绝症厚芝,赶刺《上河》,
暴走玉蓉,为儿捐肝。
长姐养残,三十五载。
许张守瘫,四十一年。

映珍日记,唤醒丈夫。
菊珍无悔,风雨同担。
耀华爱妻,日夜呵护。
兴明救妻,采药五年。

❶昉(fǎng):明亮。
❷无间(jiàn):没有间隙;不间断。
❸奁(lián):古代妇女梳妆用的镜匣。

## 二、亲情篇

青海桂兰,照料伯叔。
河南延信,孝心不变。
母子三病,邦月不残。
休戚与共,亲情天然。

# 榜样故事

二、亲情篇

## 陈昉百犬

宋朝时候,温州平阳(一说江州德安)有个人叫陈昉,自从他的祖父陈崇立了家法以后,全家族的人就一同居住着,已经十三代了。家里大大小小,一共有七百多人,而且不雇一个佣人。上上下下的人都很和睦,没有一个人传家里人的闲话。他家里每次吃饭的时候,大人们都一起坐在宽大的厅堂里,没有成年的人也一起坐在其他的位置,老幼分席共餐。

他家里养了一百多只狗,都在同一个槽子里吃食。据传说,如果有一只狗还没有来吃食,那么这一群狗都会等它,不肯先吃。因此,当地的人们也都被陈家这种风气所感化。当地的州官叫张齐贤,就把这件事情上奏了朝廷,并把他家的徭役❶统统都免了。

## 张闰无私

元朝张闰,延安延长县人,他家里有八代人不分开吃饭,共同生活在一起。最难能可贵的是一家上下有一百多口人,都非常和睦,从没有是非,没有闲话。每天,家里所有的妇女们,聚在一个房间里,一同做着裁缝或织布之类的活。工作完毕后,所有织好的布和做好的衣服,统统收集到仓库中,没有一个人会占为己有。每逢小孩啼哭的时候,那些妇女们无论哪一个看见了,就抱起来哄逗,不管是不是自己亲生的,都跟自己的孩子一样对待和爱护。当时一些当官的或大户人家都自愧不如,所以到顺帝至元年间,朝廷就派了钦差,在他家门前旌表❷起来,作为大家学习的榜样。

## 李绩焚须

李绩(公元594—669),曹州离狐(今山东省东明县东南)人,本姓徐,

---

❶徭(yáo)役:古时统治者强制百姓承担的无偿劳动。
❷旌(jīng)表:封建统治者用立碑或挂匾额等表扬遵守封建礼教的人。

名世绩,字懋功,唐高祖李渊赐他姓李,就改名叫李绩,是唐朝杰出的军事家。

　　李绩对他的姐姐非常恭敬,那时他已经是国家的大臣,他去看望姐姐时,还亲自给姐姐煮粥。在煮粥的过程中,因为火势太强,把胡子烧了。姐姐一看,就对他说:"家里的仆人很多,让他们去做就好了,你又何苦亲自做?"李绩对年迈的姐姐说:"姐姐,你从小对我关怀备至,我时时都想要回报你。我们年纪都这样大了,我又有多少机会能够亲手帮你煮粥?"

## 赵孝争死

　　汉朝的时候有一对兄弟,哥哥叫赵孝,弟弟叫赵礼,兄弟两人相依为命,十分友爱。

　　有一年,由于粮食歉收❶,天下饥荒,社会动荡不安。一天,强盗突然闯入赵孝所在的村子进行抢掠。兄弟俩吓得赶紧逃跑,因为弟弟赵礼弱小跑得慢,被强盗抓住了。

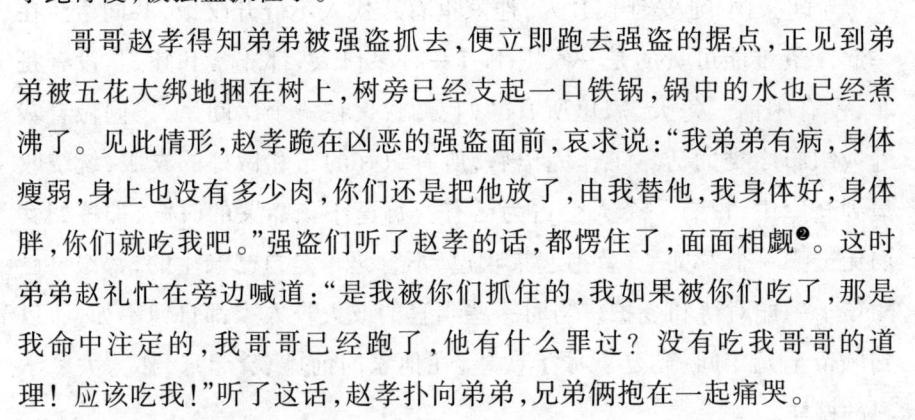

　　哥哥赵孝得知弟弟被强盗抓去,便立即跑去强盗的据点,正见到弟弟被五花大绑地捆在树上,树旁已经支起一口铁锅,锅中的水也已经煮沸了。见此情形,赵孝跪在凶恶的强盗面前,哀求说:"我弟弟有病,身体瘦弱,身上也没有多少肉,你们还是把他放了,由我替他,我身体好,身体胖,你们就吃我吧。"强盗们听了赵孝的话,都愣住了,面面相觑❷。这时弟弟赵礼忙在旁边喊道:"是我被你们抓住的,我如果被你们吃了,那是我命中注定的,我哥哥已经跑了,他有什么罪过?没有吃我哥哥的道理!应该吃我!"听了这话,赵孝扑向弟弟,兄弟俩抱在一起痛哭。

　　强盗们看到赵氏兄弟互相争死的场面,也被这兄弟俩感动了。随后,强盗头目就命令手下放了他们,让他们回村。

　　这件事情后来被皇帝知道了,不仅下令褒奖,封了兄弟二人的官职,

---

❶歉(qiàn)收:收成不好。
❷面面相觑(qù):你看我,我看你,形容大家因惊惧或不知所措而互相望着。

还下诏书昭示❶天下,让全国百姓效仿❷学习。

## 薛包分产

汉朝有个人叫薛包,是汝南(今河南省汝南县)人,生性非常孝顺。他的母亲死了,父亲娶了后妻,对薛包很不好,屡次把他赶出家去。薛包就在附近的地方住下,每天早晨和晚上,仍旧到爹娘的面前来请安。父母后来觉得做的不对,就又让他回家同住。等到父亲和母亲都去世后,他的弟弟和侄儿们就都要求分家,薛包劝不住他们,于是把家里的财产按份都分开了。他情愿吃亏,把老的佣人分给自己,说:这些年老的人和我一同做事已有许多年了,你们恐怕使唤不便的。又把荒芜的田地、破旧的房屋分给了自己,说:这些都是我幼小时候就有的,在我的心里有一种特别的感情。又把破旧的日用器具分给了自己,说:这都是我从前用惯了的,这些给了我,我就安心了。他把新的好的都分给了弟弟侄儿。后来弟侄们把家产都糟蹋❸完了,薛包又时常去救济他们。因此当地人们都称他为"孝友",后来他的名声传到了朝廷,汉安帝就召他为侍中,薛包誓死不肯就职,最后终老❹乡里。

## 彦霄焚券

晋朝有个赵彦霄,他的哥哥叫赵彦云。父母死了以后,两兄弟同锅吃饭有十二年。后来赵彦云喜欢游荡,废弃了正当的职业,赵彦霄劝他,可他总是不肯听,于是赵彦霄就向哥哥要求分家。两兄弟分了家以后,过了五年,赵彦云的家产都用光了,欠债很多,来向他讨债的人,快把门槛❺给踏断了。赵彦云因为无法偿还债务,想逃走了事❻。赵彦霄就准备

---

❶昭(zhāo)示:明白地表示或宣布。
❷效仿:仿效、效法。
❸糟(zāo)蹋(tà):浪费或损坏。
❹终老:指度过晚年直到去世。
❺门槛(kǎn):门框下部挨着地面的横木。
❻了(liǎo)事:使事情得到平息或结束(多指不彻底或不得已)。

021

了酒菜,请哥哥和嫂嫂过来吃酒,并对他们说:"我起初并没有要分家的心思,可哥哥的用度❶太不节省了,所以要求分家,就是为了把父亲遗留下来的产业能保存住一半。现在,就把我所保存的归还了,仍旧请哥哥和嫂嫂主持家里内外的事务。"说完话,就把分家的文书拿出来用火烧掉了,又拿出自己积蓄下的钱,给哥哥偿还了债务。赵彦云感到很惭愧,从此改正了毛病,不再像以前那样放荡了。

## 王何散资

宋朝时候,有一个叫王木叔的人,家里很穷,而他娶的妻子何氏❷,却是个又勤俭又会持家的好女子。在妻子的帮助下,王木叔家渐渐地富裕起来。一天,何氏对王木叔说:"你是个有抱负的人,你还是出去做官吧。我们家已有不少积蓄,弟弟妹妹们却贫寒着,就将积蓄都送给他们,好吗?"王木叔心里可高兴了,连声说:"这正是我想做而不好开口跟你讲的啊!"于是第二天起来,何氏就把自己家的积蓄全都送给弟弟妹妹们了,连一支簪子一对耳环都没留下。不久,王木叔果然就寻了个官,何氏要随丈夫离家上任了,临走时,她又说:"弟弟妹妹们还是过着贫穷的生活,我们家的那些田地,干脆也全送给他们吧。"王木叔大喜过望,说:"这也是我一直想做的。"于是,何氏便将家里的田地都平均分给弟弟妹妹们了。当地的人无不称颂何氏是个贤德的好女人。

## 申蒋移奁

明朝有个叫申在廷的人,妻子蒋氏是湖南祁阳人。她的父亲名叫蒋应春,在砀山❸县做官,家里很有钱。蒋氏当初并不知道人世间的艰辛,但她嫁给申在廷后,却能摘下簪环等首饰,脱下罗缎衣服,跟着婆婆到井里去提水,到厨房去烧饭,晚上点灯陪着婆婆干活,就是肚子饿了、身上

---

❶用度:费用(包括各种)。
❷氏(shì):姓。
❸砀(dàng)山:地名。

冷了也不说。后来小姑的嫁期近了,家里的财力不能替妹妹置办妆奁,蒋氏就说:"我嫁过来还不到一年,所有日常要用的东西都齐备了,我的妆奁可以送给小姑去做嫁妆。"申在廷说:"我真想不到你能这样做。"蒋氏就生气地说:"你的妹妹就是我的妹妹啊!我们哪能吝惜这几件东西和衣服,给家里增加负担呢?"申在廷听了,很佩服妻子的贤德。

## 绝症织梦

姚厚芝,1975年生,重庆市巫溪县塘坊镇红土村村民。

2006年,姚厚芝被查出乳腺癌,需立即做切除手术。面对高额的手术费,姚厚芝选择了"药疗"。几年下来,病情没有丝毫好转。

2009年,姚厚芝从电视上得知,绣十字绣也能卖钱。她就坐车辗转十多个小时,咬牙花2800元购回一幅6.5米长的《清明上河图》十字绣样。从此,姚厚芝过起了"两点一线两头黑"的生活,每天绣十字绣长达17个小时。2012年7月,经过3年零5个月的昼夜赶制,这幅127万针的《清明上河图》终于刺制完成。有收藏家上门出20万元收购,姚厚芝拒绝了。姚厚芝想将十字绣保存下来,将来有一天自己不在人世了,再把它卖出去,孩子们上大学的钱就不用愁了。

第一幅十字绣完工后,姚厚芝又买回了一幅长22米、宽0.85米的《清明上河图》十字绣样,这幅刺绣的难度、时间和价钱是第一幅的好几倍。姚厚芝是一个与时间赛跑的人,不知道自己生命何时会终结。她没有其他奢求[1]和心愿,只是想尽自己所能多给孩子留点什么。

2014年2月,姚厚芝荣获2013年度感动中国人物称号。

## 暴走妈妈

陈玉蓉,1954年出生,湖北省武汉市人。

陈玉蓉的儿子叶海斌,13岁那年被确诊得了一种先天性疾病——肝豆状核病变。2005年,叶海斌的肝已经严重硬化,需要做移植手术。但

---

[1] 奢(shē)求:过高的要求。

高额的移植费用,对这家人来说,是个无法承受的天文数字,陈玉蓉只得选择让儿子接受保守治疗。

2008年12月,在外出差的叶海斌再次吐血,儿子的这次吐血让陈玉蓉做出了捐肝救子的决定。但意外的是,经检查陈玉蓉的肝为重度脂肪肝,不适宜做肝捐赠。为了能给儿子捐肝,陈玉蓉开始了自己的减肥计划。她选择了暴走。每天10公里路,每餐半个拳头大的米饭团,常人难以想象需要怎样的毅力才能坚持。

经过7个多月的努力,她的鞋子走破了四双,脚上的老茧❶长了就刮,刮了又长。她的体重从66公斤减到了60公斤。检查显示,脂肪肝没有了!这个结果让医生大为震惊,"这简直是个奇迹!"

2009年11月3日,武汉同济医院为"暴走妈妈"陈玉蓉和儿子叶海斌成功进行了肝移植手术。

2009年,陈玉蓉被评为"感动中国"十大人物。她的感人事迹也被以"暴走妈妈"为名拍成了一部电影。

## 长姐养残

罗长姐,女,土家族,1928年9月出生,湖北省宜昌市五峰土家族自治县湾潭镇九门村村民。

1978年,在四川某部队服役6年的祁才政,在执行一项特殊任务时不幸患上乙型脑膜炎,经抢救虽保住生命,但精神失常,失去了生活自理能力。

家住深山中的罗长姐,将儿子接回家悉心照料。35年来,为照顾每天都要发病的儿子,罗长姐的脸无数次被儿子抓破,胳膊和手被咬伤,全身被打得青一块紫一块。一次,她帮儿子洗澡,儿子突然一拳挥来,把她的右眼珠打了出来,她失去了右眼。每年,她都将家里的口粮卖掉一半,领着其他孩子拔野菜、挖葛根填肚子,攒❷钱买祁才政喜欢吃的大米。她

---

❶茧(jiǎn):手掌、脚掌等部位因摩擦而生成的硬皮。
❷攒(zǎn):积聚;储蓄。

买来绞剪和剃刀,每月给儿子理发,儿子不听话,她理一次发短则三四天,最长的一次用了七天。罗长姐不让医生给儿子注射镇静剂,也不让家人用铁链锁住儿子,儿子在哪里她就在哪里,全天候照料儿子吃喝拉撒睡。曾有医生预言,罗长姐的儿子活不过40岁,但是她用母爱创造了奇迹,2013年罗长姐85岁,她62岁的儿子身子骨依然硬朗。

2013年,罗长姐被评为第四届全国道德模范。有人拍摄了一部电影,叫《天下娘心》,真实地再现了罗长姐的传奇故事。

## 许张育瘫

许张氏,1916年4月出生,安徽省亳州❶市谯❷城区西关社区居民。

40年前,许张氏的小儿子许全意不幸患上精神病,连家人都不认识,全家倾其所有为他治病,使原本贫困的家庭雪上加霜。从那时起,许张氏就衣不解带❸地照顾儿子。1990年,老伴去世,年过七旬的许张氏只能独自担起照顾儿子的重任。1994年,许全意病情恶化完全瘫痪在床,生活不能自理。此时,许张氏的其他子女都各有家庭,生活都不宽裕。体恤❹儿女的许张氏硬是咬着牙自己坚持照顾许全意,喂饭、喂药、洗澡、端便盆等都是自己动手去做。老人如今已是白发苍苍,腰背累得深深地弯了下去。病床上的许全意虽然瘦弱,但身上干干净净,没有一点褥疮,双眼有神。

许张氏的"慈母之心,无声大爱"经过微博的传播,感动了无数人,被网民称为"最坚强母亲"、"最美母亲"。许张氏2011年被评为"中国好人",2013年当选第四届全国道德模范。2013年12月23日,许张氏安详地离开人世,享年98岁。

---

❶亳(bó)州:地名。
❷谯(qiáo):谯楼,城门上的瞭望楼。
❸衣不解带:形容日夜辛劳,不能安稳休息。
❹体恤(xù):设身处地为人着想,给以同情、照顾。

## 映珍日记

罗映珍,1980年出生,在云南省临沧市永德县小勐[1]统镇计生服务所工作。

罗映珍的丈夫罗金勇是云南省永德县公安局民警。2005年10月1日,罗金勇与妻子罗映珍回家探望父母,途中罗金勇临危不惧与3名毒贩[2]进行了殊死[3]搏斗,因寡不敌众[4]身受重伤,成了"植物人"。从那以后,罗映珍就肩负起了照顾丈夫的责任,不离不弃,精心呵护,无怨无悔[5]。罗金勇在医院接受治疗期间,罗映珍在医院附近租了一套房子,省吃俭用,每天全身心地守候在丈夫身旁,和丈夫说话,并含泪写下了600多篇爱的日记,用日记呼唤着丈夫意识深处的觉醒。

后来,罗金勇从深度昏迷的植物人状态中苏醒过来,能眨眼,能开口讲"你好""是""累了"等几个简单的字,并在特殊的体位下能喝水了。见证了这个奇迹的人们都说,是罗映珍的坚持和爱,唤醒了沉睡的丈夫。

罗金勇和罗映珍的先进事迹经媒体宣传报道后,引起了强烈的社会反响。2008年2月,罗映珍被评为2007年度感动中国人物。

## 菊珍无悔

许菊珍,1959年出生,上海市嘉定区外冈镇水产村人。

许菊珍与许雪祥是同村人,可谓"青梅竹马"。1975年,许雪祥应征入伍。1976年3月,在执行完成下海维修通讯设施的任务后,许雪祥出现了双腿麻木的症状,随后发展到双腿常常不受控制,虽经几家大医院检查和手术治疗,但都由于病因不详,未能根治。

面对伤残的恋人,周围人都劝许菊珍离开,男友本人也不愿意拖累

---

[1] 勐(měng):云南西双版纳傣族地区旧时的行政区划单位。
[2] 毒贩(fàn):贩卖毒品的人。
[3] 殊(shū)死:拼着性命、竭尽死力的;决死。
[4] 寡(guǎ)不敌众:人少的一方抵挡不住人多的一方。
[5] 无怨无悔:既,诶也怨恨,也不后悔。指心甘情愿地接受某种事实或结果。

她,赶她回家,但是许菊珍没有走。1980年初,许菊珍带着一等乙级伤残的许雪祥回到了家。

为了让丈夫能够重新站起来,她不惜重金,四处求医问药,不论中医西医,哪怕有一点希望,她都付出百倍努力,决不放弃。她学会了护理,学会了肌肉注射,学会了营养搭配,学会了心理辅导……。她不仅要工作、还要照顾病人、照顾家庭,不仅要面对经济上的拮据,更要承受精神上的压力,其间的辛苦,可想而知。

二十年前,经检查发现,许雪祥第七颈椎内有肿瘤(胶质肿瘤),原手术处患有脊椎空洞症。之后,许雪祥的病情逐年加重,以致全身瘫痪,只能长年卧床,连大小便都无法自理。近年来,随着年龄的增大,许雪祥的抵抗力越来越差,身体出现的并发症更是越来越多,经常会腹泻,发烧,每次都有生命危险。每当此时,许菊珍总是寸步不离地看护左右,伴着丈夫渡过每一个难关。

在许菊珍三十多年如一日的精心照顾下,许雪祥拥有了常人的幸福、完整的家庭。如今,他们可爱的外孙也已经读小学二年级了。一家人生活美满,其乐融融。

2016年1月,许菊珍荣登"中国好人榜"。

## 耀华爱妻

张耀华,1948年4月出生,新疆生产建设兵团第三师五〇团退休职工。

1970年,分别从北京、上海来兵团工作的小伙儿张耀华和姑娘王晓婉相恋结婚。1971年,儿子出生,可王晓婉却怎么都下不了床,经医院诊断,她因患胸椎结核导致瘫痪。不久,孩子也夭折了。张耀华带着妻子跑遍上海各大医院,可病情没有丝毫好转。张耀华不得已,只好带妻子回五〇团。

男人的责任,使张耀华更加坚定了自己对王晓婉的爱。从那时起,照顾生病的妻子就成了他生活中的重要一部分。妻子大小便不能自理,他每天天不亮就起床,烫洗夜里弄脏的床单被褥。他知道妻子爱干净,准备了30多块垫子、10多条床单、毛巾被,总把妻子弄得干干净净。王晓婉不想拖累丈夫,1978年夏天,她想服农药自杀,幸好发现及时。张耀华耐心劝说,让妻子重新树立起了生活的信心。

40多年的悉心照料,15000多个日日夜夜的呵护,张耀华用行动诠释❶了真挚❷的人间亲情。

2013年,张耀华被评为第四届全国道德模范。

## 兴明采药

肖兴明,云南省昆明市东川阿旺镇新碧嘎村人。

2007年,肖兴明的妻子刘作珍被检查出患了乳腺癌,在昆明经过一个多月手术和化疗后,家里准备盖新房的三万元积蓄全部用尽。充满愧疚的肖兴明用担架抬着妻子,艰难地爬着陡峭的山路,回到家中。救治妻子唯一的希望只有民间的偏方❸。五年来,肖兴明走遍东川及周边的高山险壑❹为妻子采药。治疗肿瘤的很多草药,都长在海拔❺2500~3400米的高山上,有些只长在岩缝里,采摘它们很困难。肖兴明不是专业登山者,没有任何保险工具,无论多高的山崖,他只能四肢并用地往上爬,时常险象❻环生,至今他脑门上仍留有伤疤。

病重后,刘作珍常常发呆,还怕吵、怕亮。肖兴明知道妻子缺乏安全感,他几乎没有出去工作,除了出外采草药、买药,基本上寸步不离。

肖兴明的故事见报后,网友纷纷资助,但因为癌症的不断恶化,他的妻子还是去世了。

---

❶诠(quán)释:说明,解释。
❷真挚(zhì):真诚恳切。
❸偏方:民间流传不见于古典医学著作中的中药方。
❹壑(hè):山沟或大水坑。
❺海拔:从平均海平面算起的高度。
❻险象:危险的情形。

二、亲情篇

## 贤媳桂兰

张桂兰,1972年出生,青海省门源县西滩乡宝积湾村村民。

1996年,张桂兰嫁给了吴元新。吴元新的弟弟吴元林先天性智力障碍,高位瘫痪,生活完全不能自理;哥哥吴元寿右腿残疾;还有一个身体不好的年迈婆婆。每逢农忙时节,张桂兰来回往返于田间和家里,给家里的两个病人做饭,帮婆婆熬药。

小叔子吴元林一年四季瘫痪在床,张桂兰每天都要背他到院子里晒太阳,他的嘴角不停地流口水,张桂兰就随身备着一条毛巾帮他擦拭。吴元林的智力水平还是一个孩子,吃饭都很困难,一日三餐都是张桂兰一勺一勺慢慢地喂。

大伯哥吴元寿右腿残疾,干不了体力活,多走几步路腿就疼痛难忍。张桂兰说:"大伯哥是苦命人,又没有独立的家庭,我们再难也不能给他一点压力。"

不幸的是,丈夫吴元新先后两次在工地受伤住院,前胸和腿部都留下了不同程度的后遗症❶。2011年6月,丈夫又被查出患有胃糜烂再次住进了医院。苦难并没有压垮这个坚强的女人,她节衣缩食❷,咬紧牙关:"只要一家人在一起,什么苦我都扛得住。"

在张桂兰的精心照料下,一家人的生活虽然清苦但也有滋有味。2013年,张桂兰被评为全国孝老爱亲道德模范。

## 贤婿延信

谢延信,原名刘延信,1952年出生,河南省滑县半坡店乡车村人,是焦煤集团鑫珠春工业公司的一名员工。

1973年,刘延信与谢兰娥喜结良缘,随后有了小女儿刘变英。不幸的是,妻子因患产后风,在女儿出生40天后撒手人寰❸。兰娥走的时候,

---

❶后遗症:某种疾病痊愈或主要症状消退之后所遗留下的一些症状。
❷节衣缩食:省吃省穿,泛指节俭。
❸撒(sā)手人寰(huán):用来指人去世。

家里的生活特别难。岳母因患有肺气肿,丧失了劳动能力,内弟先天智力障碍,生活不能自理,岳父在300多里外的焦作煤矿上班。再加上襁褓①中的女儿,延信肩上的担子很重。为了让岳父母相信他不会放弃这个家,刘延信把名字改成了谢延信。

祸不单行,1979年冬天,岳父突然中风住了院,虽然命保住了,却瘫在了床上。为了全身心照顾岳母一家,谢延信把幼小的女儿刘变英送到自己父母家。为省钱给两位老人看病,他四处打零工,经常挖野菜、捡菜叶。1996年,瘫痪了18年的岳父也走了。

谢延信为不放弃照顾前妻一家人,多次拒绝组建新的家庭,直到丧妻10年后才与谢粉香组成新的家庭。2003年,谢延信因脑出血落下了反应迟钝、行动不便的后遗症,他便让妻子来焦作共同照顾前妻一家。

谢延信伺候瘫痪的岳父18年,照顾多病的岳母和智力障碍的妻弟35年。谢延信被评为2007年度感动中国人物,2009年被评为"100位新中国成立以来感动中国人物"。

## 邦月不残

朱邦月,1938年出生,福建省南平市人,1959年6月到邵武煤矿工作。

1967年,朱邦月的朋友临终时,将两岁的儿子及怀着5个月身孕的妻子托付给他。朱邦月决定迎娶朋友的遗孀②,并将朋友的两个儿子养大。尽管后来知道这位残疾母亲得了一种绝症——进行性肌营养不良症,并把病遗传给了两个孩子,他也从没后悔过自己的决定。

1986年5月,他骑着自行车运送材料时,一辆满载沙石料的大卡车向他开来,造成他左胫③骨粉碎性骨折,虽然保住了脚,但失血过多和无力支付医药费而提前出院等原因使手术后的伤口久久不能愈合。从1986年到1989年,三次植皮手术都失败,固定骨骼的钢丝也永远留在了体内。每天服用廉价的抗生素、给自己清洗伤口敷药换药成了朱邦月每日

---

① 襁(qiǎng)褓(bǎo):包裹婴儿的被子和带子。
② 遗孀(shuāng):某人死后,他的妻子称为某人的遗孀。
③ 胫(jìng):小腿。

必做的"功课"。

　　1993年起,妻子和大儿子的肌力都逐渐萎缩,丧失了自理能力。1998年,小儿子也开始出现肌无力症状,母子三人的日常生活就全靠他打理。这些年来,朱邦月每天清晨五点多起床,整理好自己的伤口装上假肢后,就开始了一天的辛劳,上街买菜,洗米煮粥,洗衣服,搞卫生,帮母子三人起床穿衣、喂饭,伺候三人上卫生间、洗澡。忙碌了一天之后,他再借着昏暗的灯光,自己清洗伤口换药。

　　这样的日子,朱邦月过了近20年。他始终坚持着,因为他知道,他是一家人生命的烛光,点燃着一个家庭的希望。

　　朱邦月被评为2009年度感动中国人物。

# 三、仁爱篇

　　一个充满爱心的社会是温暖幸福的。我们在爱心中成长,更应该学会关爱他人。

　　本篇收录的榜样人物有的仁爱宽容,有的乐善好施,有的助人为乐,有的无私奉献。愿仁爱友善永驻我们每个人心间。

## 修德四字经

孔子仁爱,万世师表[1]。
孟子恻隐[2],与人为善。
师德宽容,唾面不拭。
刘宽多恕,夺牛不怨。

世期乐善,衣食买棺。
士谦好施,救人急难。
公义变俗,人称慈母,
仲淹济族,千亩义田。

雷锋精神,光照万代。
鞍钢明义,好人典范。
义工丛飞,负债助学。
九旬盛兰,拾荒捐款。

维族阿里,收养孤儿。
京城茂芳,赡养孤残。
裴[3]寨春亮,捐建新村。
玻璃德旺,中国首善。

---

[1] 师表:品德学问上值得学习的榜样。
[2] 恻(cè)隐:对受苦难的人表示同情;不忍。
[3] 裴(péi):姓。

三、仁爱篇

林冰志坚,接力①魔豆。
何玥②心慈,捐献器官。
为帮生意,全城吃面。
仁爱友善,永驻心间。

①接力:一个接替一个地进行。
②玥(yuè):古代传说中的一种神珠。

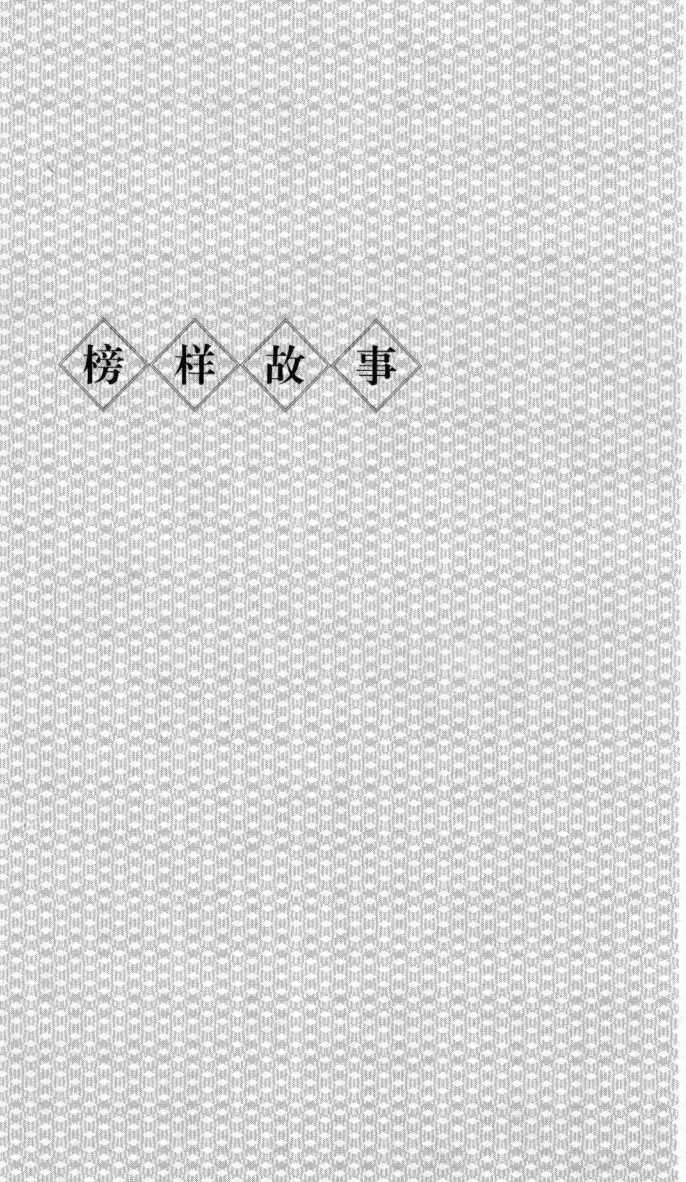

榜 样 故 事

## 孔子仁爱

孔子(前551年—前479年),名丘,字仲尼,春秋末期鲁国陬邑❶(今山东省曲阜市)人。孔子是我国古代伟大的思想家、教育家、政治家,儒家❷学派创始人,被后世尊为"至圣"(圣人之中的圣人)、"万世师表"。

孔子的思想包罗万象❸,博大精深❹。他思想的核心就是"仁",即仁爱。所谓仁爱,就是"爱人",要有仁德之心,要尊重他人、关爱他人。孔子讲,"爱人"的"起点"是爱亲,即孝悌❺之情——对父母兄弟的爱;而"爱人"的终点则是爱众,即爱天下之"民",爱一切人。

## 孟子恻隐

孟子(前372年—前289年),名轲。战国时期邹国(今山东省邹城市)人。孟子是中国古代著名思想家、教育家,继承并发扬了孔子的思想,成为仅次于孔子的一代儒家宗师,有"亚圣"之称,与孔子合称为"孔孟"。

孟子曾说:"恻隐之心,人皆有之。"(同情心,人人都有)"无恻隐之心,非人也。"(没有同情心,简直不是人)"老吾老及人之老,幼吾幼及人之幼。"(尊敬我的长辈,还要尊敬别人的长辈;爱护自己的晚辈,还要爱护别人的晚辈)"君子莫大乎与人为善。"(君子的最高德行就是要主动地与他人同做善事)

---

❶陬(zōu)邑(yì):地名。
❷儒家:先秦时期的一个思想流派,以孔子为代表,主张礼治,强调传统的伦常关系等。
❸包罗万象:内容丰富,应有尽有。
❹博大精深:(思想、学说等)广博高深。
❺悌(tì):敬爱哥哥。

## 师德宽容

娄师德（630—699年），唐朝郑州原武（今河南省原阳县）人，年轻时考取进士，做了江都县尉，后在朝中做了刑部尚书和御史大夫。

娄师德为人宽厚，很有度量，即使手下人冒犯他，他也从不计较。

有一次娄师德的弟弟被任命为代州刺史。临行前，娄师德对他说："我现在是宰相，你又去做很高的地方官，人家会嫉妒我们。你知道怎样才能保全自己吗？"他弟弟说："从今以后，即使有人把口水吐到我脸上，我也不还嘴，把口水擦去就是了。"娄师德说："这恰恰是我最担心的。人家拿口水吐你，是人家对你发怒了。如果你把口水擦掉，说明你不满，人家就会更加愤怒。应该让唾沫不擦自干。怎么样？"他弟弟点头称是。这就是成语"唾面自干"的来历。

## 刘宽多恕

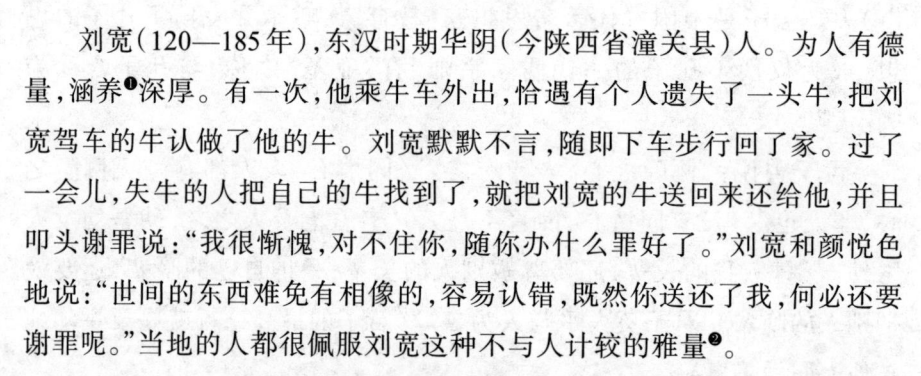

刘宽（120—185年），东汉时期华阴（今陕西省潼关县）人。为人有德量，涵养❶深厚。有一次，他乘牛车外出，恰遇有个人遗失了一头牛，把刘宽驾车的牛认做了他的牛。刘宽默默不言，随即下车步行回了家。过了一会儿，失牛的人把自己的牛找到了，就把刘宽的牛送回来还给他，并且叩头谢罪说："我很惭愧，对不住你，随你办什么罪好了。"刘宽和颜悦色地说："世间的东西难免有相像的，容易认错，既然你送还了我，何必还要谢罪呢。"当地的人都很佩服刘宽这种不与人计较的雅量❷。

后来，刘宽先后做了三个郡❸的太守官。他办理政务，仁厚宽恕，属下官吏有了过错，只用蒲草做的鞭子打他们，以示耻辱。百姓感念他的德政，渐渐深受感化。

刘宽性情温良，从未发过脾气。有一次，夫人为了试探刘宽的度量，

---

❶涵（hán）养：能控制情绪的功夫。
❷雅量：宽宏的气度。
❸郡（jùn）：古代的行政区划，比县小，秦汉以后，郡比县大。

三、仁爱篇

正当早晨刘宽衣冠整齐要去朝见皇帝时,就让侍婢端了一碗肉羹❶进来,故意弄翻倒在了刘宽的朝服上。刘宽神色不变,仍然和蔼关切地问侍婢:"肉羹烫伤了你的手没有?"

## 世期义行

南宋时候,有个严世期,会稽❷山阴(今浙江省绍兴市)人,乐善好施。有一年,当地正赶上饥荒,他同村有三家人都生了儿子,怕养不活,都想丢掉不要。严世期听到消息,赶忙送去了粮食和衣服救济他们三家,这三个孩子才被养大。同县有两个老人,一个九十岁,一个七十岁,都是年老有病,孤孤单单没有依靠。严世期知道后,供应他们衣服粮食二十多年,死后还给她们买棺安葬。他的同乡严宏、潘伯等十五个人,在荒年饿死了,尸体没有人收殓,严世期就买了棺木,把他们安葬了,又收养了他们留下的孩子。后来,当地县令将这些事上奏朝廷,朝廷就派人在严世期家门口挂了一块匾❸,上书六个大字:"义行严氏之闾❹",还免了他家的工役,又免了十年的租税。

## 士谦好施

隋朝时,有一位虔诚❺的佛教居士❻,姓李,名士谦,字子约,赵郡平棘(今河北省赵县)人。他从小就没了父亲,等到母亲也去世以后,他就捐出自己的家宅作了寺院,并立志不去做官。

李士谦继承了祖上巨大的遗产,家中很富裕。可是他的生活,比穷人还要节俭,穿的是布衣旧衫,吃的是粗茶淡饭,心里想的都是如何救济

---

❶羹(gēng):通常用蒸、煮等方法做成的糊状食物。
❷会(kuài)稽(jī):山名。
❸匾(biǎn):上面题着作为标题或表示赞扬文字的长方形木牌(也有用绸布做成的)。
❹闾(lǘ):里巷的门。
❺虔(qián)诚:恭敬。
❻居士:不出家的信佛或修道的人。

039

那些无衣无食的穷人。

有一年饥荒,很多同乡无法生活,李士谦就拿出自己家中的数千石❶谷子,借给就要断粮的穷人。到了第二年,因为还是歉收,上年借谷子的人都无法偿还,就到李士谦的家中去道歉。李士谦招待他们在家中吃了饭,又当众把乡人们借谷子的债券全都烧了,对他们说:"我家中的存谷,本来就是预备救济大家患难用的,并不是想囤积赚钱。现在你们的债务已经了结,希望你们不要再放在心上。"

过了几年,又遇到了大饥荒,李士谦就又拿出大量的家产办理了大规模的施粥,救活的灾民不下一万人。第二年的春天,李士谦又施舍出大批的粮种,分赠给贫困的农民。

李士谦去世时,当地人都痛哭流涕,参加送葬的有上万人。

## 公义变俗

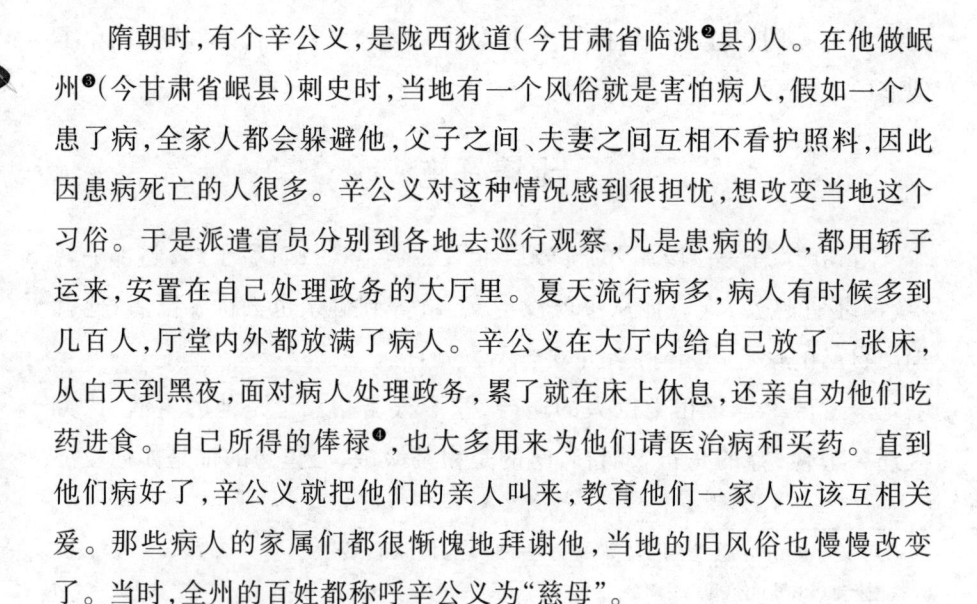

隋朝时,有个辛公义,是陇西狄道(今甘肃省临洮❷县)人。在他做岷州❸(今甘肃省岷县)刺史时,当地有一个风俗就是害怕病人,假如一个人患了病,全家人都会躲避他,父子之间、夫妻之间互相不看护照料,因此因患病死亡的人很多。辛公义对这种情况感到很担忧,想改变当地这个习俗。于是派遣官员分别到各地去巡行观察,凡是患病的人,都用轿子运来,安置在自己处理政务的大厅里。夏天流行病多,病人有时候多到几百人,厅堂内外都放满了病人。辛公义在大厅内给自己放了一张床,从白天到黑夜,面对病人处理政务,累了就在床上休息,还亲自劝他们吃药进食。自己所得的俸禄❹,也大多用来为他们请医治病和买药。直到他们病好了,辛公义就把他们的亲人叫来,教育他们一家人应该互相关爱。那些病人的家属们都很惭愧地拜谢他,当地的旧风俗也慢慢改变了。当时,全州的百姓都称呼辛公义为"慈母"。

---

❶石(dàn):容量单位,10斗等于1石。
❷洮(táo):水名。
❸岷(mín)州:地名。
❹俸(fèng)禄(lù):封建时代官吏的薪水。

三、仁爱篇

## 仲淹义田

范仲淹(公元989—1052),字希文,苏州吴县(今江苏省苏州市)人,北宋著名的政治家、军事家、文学家、教育家。

范仲淹最喜欢救济穷苦的人们。当宰相时,他把积攒的俸禄拿出来在京城附近买了一千亩好地,称它为"义田",给贫穷无田地者耕种,给他们饭吃,给他们衣穿。凡是有嫁女儿的、娶媳妇的,或是有亡故的、安葬的种种事情,范仲淹都拿钱贴补他们。范仲淹安排专人管理这件事,一切银钱的收入和支出,都有一定的计划。

有一次,他在苏州买了一处住宅,一位风水先生说这个宅子的风水太好了,后代必出高官。范仲淹心想,既然如此,不如改为学堂,让苏州城百姓的子弟入学,将来众人的子弟都能贤达❶显贵,岂不是更为有益吗? 于是立刻把住宅捐出来,改作了学堂。

范仲淹的行动赢得了后人的敬仰。历代仁人志士❷纷纷以他为楷模,学习和效法他。

## 雷锋精神

雷锋,湖南省长沙市人,1940年出生。1960年1月参加中国人民解放军,11月加入中国共产党,在部队荣立二等功一次,三等功三次,被誉为"毛主席的好战士"。

他热爱集体,关心战友,关心群众,把"毫不利己、专门利人"看成是人生最大的幸福和快乐。他把自己省吃俭用积存起来的钱,寄给受灾人民,送给家庭困难的战友。他还经常在节假日和休息时间到部队驻地附近车站为人民服务。

雷锋在日记中写道:"如果你是一滴水,你是否滋润了一寸土地? 如果你是一线阳光,你是否照亮了一分黑暗? 如果你是一粒粮食,你是否哺育了有用的生命? 如果你是一颗最小的螺丝钉,你是否永远守在你生

---
❶贤达:有才能、德行和声望的人。
❷仁人志士:仁爱而有节操的人。

活的岗位上？"

　　1962年8月15日，雷锋在指挥乔安山倒车时不幸被电线杆砸到头部，抢救无效身亡，年仅22岁。

　　毛泽东同志于1963年3月5日亲笔题词"向雷锋同志学习"。我国把3月5日定为"雷锋纪念日"，"雷锋精神"激励着一代又一代人。

## 好人明义

　　郭明义，1958年出生，辽宁省鞍山市人，1982年部队复员❶到鞍钢矿业公司工作。

　　从1996年开始担任采场公路管理员以来，他每天都提前2个小时上班，没有休息过一个节假日，15年中，仅义务奉献的工作日，就相当于多干了五年的工作量。

　　他20年来累计无偿献血6万毫升，是其自身血液的10倍多，至少挽救了75名危重病人的生命。2002年，郭明义加入中华骨髓库，成为鞍山市第一批捐献造血干细胞志愿者。2006年，郭明义成为鞍山市第一批遗体和眼角膜自愿捐献者。

　　1994年以来，他先后为希望工程、身边工友和灾区群众捐款12万元，先后资助了180多名特困生，不仅把工资捐了，还把各级组织给他的奖金、慰问金、奖品、慰问品都捐了……本来家庭生活并不困难，但为了帮助别人，全家人过着清贫的生活。在他不到40平方米的家中，没有一件像样的家具，就连上大学放假回家的女儿也只能住在临时搭的床上。

　　多年来，郭明义总在努力做着一切有利于社会、有利于人民的事情，被人们誉为"爱心使者""雷锋传人"。

　　2011年9月，郭明义被评为第三届全国道德模范。

## 丛飞助学

　　丛飞（公元1969—2006），原名张崇，生于辽宁省盘锦市大洼县庄台

---

❶复员：军人因服役期满或战争结束等原因而退出现役。

镇的一个贫困家庭,初二被迫辍学回家。但执著的音乐梦想让他不畏艰难四处拜师学艺,最终考上了沈阳音乐学院。1992年,他只身闯荡深圳,凭借出色的男高音成为深圳著名男歌手。

丛飞是一名歌手,也是一名义工。在他37岁的短暂人生中,先后参加了400多场义演,进行了长达11年的慈善资助,直至生命结束。

丛飞常常是收到一笔演出费后,就寄给贫困地区的孩子,而自家的生活却时常捉襟见肘❶。在他50多平方米的简陋家里,没有任何值钱的家当,衣柜里的衣服都是三五十元的便宜货,唯一有些档次的是他常穿的白色演出服。

他无私捐助的失学儿童和残疾人超过150人,认养孤儿37人,累计捐助金额超过300万元。2003年至2004年间,为了在开学前筹齐助学款,他先后背上了17万元的债务。

为了还清债务,丛飞更加辛苦地四处演出。2005年5月,丛飞被诊断为胃癌晚期,而当时妻子手里连住院需要的1万元钱都拿不出来。2006年4月20日,丛飞不幸病逝,而按他的遗嘱捐献的眼角膜又让6个孩子重见光明。

丛飞被评为2005年度感动中国人物。

## 盛兰拾荒

刘盛兰,男,1922年出生,是山东省烟台市蚕庄镇柳杭村一位普通的农民。73岁的时候,老伴去世,他成了孤寡老人。为了让自己无力行动时,身边会有一个照顾他的人,他开始了助学。但后来,他助学的规模远远超出了自己的想象。平时,他吃的是捡回来的烂菜叶,穿的是自己亲手缝的粗布衣服,住的是破烂不堪的房子……就这样,在17年的时间里,他用自己捡破烂的收入和省吃俭用节省下的钱,总计捐资助学7万多元,先后资助了100多个学生。最多的时候,他同时资助着50多名学生。刘

---

❶捉襟(jīn)见肘:拉一下衣服就露出胳膊肘,形容衣服破烂,也比喻顾此失彼,应付不过来。

盛兰一直没进养老院,这样能拿到每年4000元的生活补贴,这些钱他全部捐给了贫困学生。

2013年8月,因为肾病,刘盛兰住进了医院。得知老人住院,很多受资助的孩子都来看望他,照顾他。

2014年2月,年过九十的耄耋❶老人刘盛兰入选"感动中国2013年度十大人物"。

## 阿里育孤

阿里帕·阿力马洪,女,维吾尔族,1939年生,新疆维吾尔自治区青河县青河镇居民。

从1963年收养邻居家的3个孤儿开始,阿里帕先后收养了汉族、回族、维吾尔族、哈萨克族4个民族的10个孤儿。加上自己的9个亲生儿女,她是十九个孩子的妈妈。

为了让孩子们能吃上饱饭,阿里帕夫妇几乎把所有的收入都换成可以吃的东西,并想尽一切办法弄吃的。阿里帕的丈夫阿比包下了班就去打土坯卖钱,阿里帕则每天都要到菜市场捡别人不要的蔬菜。

为了让孩子们有学上,虽然家里养了两头奶牛,但谁也舍不得喝奶,全部卖了换钱以支付孩子们的学费和购买学习用品。家里用不起电灯,阿里帕用棉絮搓成条,做成小油灯。孩子们没有一个因为家里贫穷而辍学。

现在,每到过年过节,孩子们都会回家团聚。19个孩子,还有儿媳、女婿和孙子,如今的这个大家庭共有维吾尔族、哈萨族克、回族、汉族等6个民族180多口人。这对于饱经风霜❷的阿里帕来说,是最快乐的时候。

阿里帕妈妈被评为2009年度感动中国人物。

## 茂芳养残

孙茂芳,男,1942年出生,浙江省象山县东陈乡人,北京军区总医院

---

❶耄(mào)耋(dié):指老年;高龄。
❷饱经风霜:形容经历过很多艰难困苦。

原副政委,人称"京城的活雷锋"。

1970年,孙茂芳到北京军区总医院工作后,发现医院附近的南门仓社区有许多困难老人和残疾人,便带领医生护士成立了30户家庭病房,开展上门包户服务活动,从此开始了助人为乐、敬老爱老历程。40多年来,他先后赡养照顾18位孤残老人,为其中8位老人养老送终。他服务时间最长的是王炎老太太,连续照顾17年,直到老人90岁时为她送终。一位名叫高志云的老人,儿子去世后孤苦无依,孙茂芳得知后,承诺做老人的儿子,每天陪老人看2个小时电视,节假日用轮椅推老人外出观光。老人牙口不好,孙茂芳让妻子每天做些软饭软菜送到老人家中,连续送了11年。

1998年起,孙茂芳每月从工资中拿出500元建立了家庭助困金,后来增至1000元。孙茂芳在家里设立了一张"救急床",帮助200多名来京看病的外地人解了燃眉之急❶。此外,他还热心帮助过11位生活困难的残疾人和32名特困学生。至2013年,孙茂芳用于各种助困的资金已经有39万多元。

孙茂芳还以个人名义先后组织成立了百余个学雷锋小分队,常年坚持学雷锋活动。

2013年9月,孙茂芳被评为第四届全国道德模范。

## 爱村春亮

裴春亮,1972年出生,河南省辉县市张村乡裴寨村村委会主任。

裴春亮从修理电器起家,办过商店,开过饭店、照相馆,经过10多年的拼搏,成为集饭店经营、机械铸造、矿业开采于一体的农民企业家,成了远近闻名的致富能人。

2005年,裴寨村村委会换届选举,裴春亮以高票当选村委会主任。

上任后,他不负众望,个人先后投资400余万元为村里建学校、装路灯、修道路、打水井。对于裴寨村考上高中、大学的学生,他出钱给予

---

❶燃(rán)眉之急:像火烧眉头那样非常紧急的情况。

2000元~1万元的奖励。村里基础设施有了改善,可60%的村民还住在30多年前盖的土坯房里。2006年初,经过深思熟虑,裴春亮决定个人投资3000万元,无偿为全村村民建造新居。2008年底,一个包括敬老院、幼儿园、体育场、超市在内功能齐全、整洁美观的裴寨新村建成,全村135户群众喜迁新居。

2009年,裴春亮被评为第二届全国道德模范。

## 首善德旺

曹德旺,1946年出生,福建省福清市人。9岁上学,14岁被迫辍学,在街头卖过烟丝、贩过水果、拉过板车、修过自行车,尝遍了常人难以想象的艰辛。1987年他成立了福耀玻璃有限公司。他带领自己的团队经过艰苦奋战,最终成为中国第一大汽车玻璃制造商,他也由此被称为"中国玻璃大王"。

作为一名杰出企业家的同时,曹德旺也用自己的方式回报社会。从1983年第一次捐款至2014年,曹德旺累计个人捐款已达50亿元。2011年,曹德旺荣获"中国首善"称号。他说"我一直认为,企业家的责任有三条:国家因为有你而强大,社会因为有你而进步,人民因为有你而富足。做到这三点,才能无愧于企业家的称号。"

## 魔豆妈妈

2005年,苏州市的一位小学教师周丽红身患乳腺癌瘫痪不起,丈夫也抛弃了她和女儿。为了让女儿可以穿上漂亮的衣服,周丽红在淘宝网上开了一家儿童服装店"魔豆宝宝小屋"。她强忍疼痛躺在床上坚持和买家交流,进货出货。她的故事感动了千千万万的网友。2006年4月,周丽红临终前在网上发帖,希望这家店能在自己走后继续存在,代替自己陪伴女儿长大。

她离世后,"魔豆宝宝小屋"立刻被应征的热心网友接手下来。"魔豆妈妈"们接力至今,小店仍然开张着,继续为小魔豆的成长提供着经济上的支持和精神上的鼓舞。

游林冰,杭州人,曾经是"杭芝公司"中方厂长。1997年的一场车祸让爱人与她阴阳两隔,而她落下了高位截瘫。2006年,游林冰成为淘宝网"魔豆宝宝爱心工程"的第一位受助母亲,她学会了开网店的知识和技巧,并有了自己赖以生存的小店。2010年当魔豆宝宝小屋陷入困境时,她毅然接手成为第三任"掌柜"。

游林冰每天花在电脑前的时间将近15个小时。可即便这样,小屋的经营状况依然很差。2012年4月,游林冰决定关闭童装店,经营清洁用品。这次的尝试获得了成功,魔豆宝宝小屋的生意终于稳定下来。游林冰每个月都会从利润里拿出一部分钱资助小魔豆周煜[1],一千、两千,从未间断。

为了打理魔豆宝宝小屋的生意,游林冰几乎无暇顾及自己的淘宝店铺,一个月下来,自己两间店铺的利润经常还不足两千元。游林冰不得不在网上做一些兼职工作,维持清贫的生活。

游林冰说,如果条件允许的话,会把魔豆宝宝小屋开到小魔豆大学毕业的那一天再交给她。"我会尽自己的力量把这份爱传递下去。"

## 何玥遗愿

何玥,女,壮族,2000年7月出生,生前是广西壮族自治区桂林市阳朔县金宝乡中心小学六年级学生。

2012年4月,何玥即将小学毕业,却被查出患有高度恶性小脑胶质瘤,住院进行了第一次手术。9月初,何玥病情突然复发二次入院,肿瘤已扩散至脑部组织。在第二次手术前的头天晚上,她对陪在身边的父亲说:"爸爸,我只剩3个月了,我想把器官捐出来。我希望能尽自己的能力给别人生的希望。"由于是何玥最后的心愿,爸爸妈妈最终同意了孩子的想法,决定帮助她完成遗愿。11月17日凌晨,何玥在家人的守护下,走完了12年的生命历程。她捐献的器官被分别移植到了两名尿毒症患者和

---

[1] 煜(yù):照耀。

一名肝病患者体内,使三位素不相识的病患者的生命得以延续。

2013年,何玥当选2012年度感动中国人物,被评为第四届全国道德模范。

## 全城吃面

2012年9月,位于河南省郑州市西郊一个偏僻小巷内的"李记卤[1]肉刀削面馆"的店老板李刚身患骨癌,不得不住院治疗。妻子井小敏带着不满3岁的女儿,白天在店里忙,晚上照看女儿,日子很辛苦。两个月后,实在看不过妻子日夜操劳,李刚便在网上发出一个求助帖。他说,最近查出得了骨肉瘤,需要钱做手术,但家庭条件不好,希望网友们外出吃饭时能到他家的面馆去,这样妻子能多赚一点钱。

帖子被迅速转发扩散,于是,相约吃面成了郑州城里的一股风潮,微博上熟人之间都在问"你啥时候去吃"。

不少热心市民和网友蜂拥[2]而至,不少人甚至携家带口跑几十里路专门为吃这一碗面。有的顾客以最快的速度吃完面,匆匆付钱后迅速离开,就为了给后面排队的顾客腾出座位。有人吃一碗面,悄悄压在碗下几百元钱,连名字都不留就走了。井小敏说,这些汇聚来的爱心给了她很大的力量,也让她感到郑州是座温暖的城市。

---

[1] 卤(lǔ):用盐水加五香或用酱油煮。
[2] 蜂拥:像蜂群似的拥挤着(走)。

# 四、诚信篇

"诚信",就是真诚、不弄虚作假、不隐瞒欺骗,表里如一;就是说话算数、守承诺、讲信用。只有做到了诚信,才能赢得别人的信任和敬重。诚信是为人之道,是立身立业之本。

本篇共收录了"不说假话""信守承诺""拾金不昧❶""借债还钱""诚信经营"五个方面的榜样故事,供我们学习效法。

---

❶拾金不昧(mèi):拾到钱财不藏起来据为己有。

## 修德四字经

孔子诲[1]人,不可无信。
司马诫[2]生,诚实直言[3]。
季布一诺,黄金百斤。
远语无妄[4],无人得绢[5]。

孝基试亲,返其家财。
阎敞守信,如数[6]还钱。
不失期约,张劭[7]待式。
不负重托,朱晖许堪。

体彩王伟,大奖不昧。
出租永生,拾金不贪。
寒门丽珍,完璧归赵。
朴实仁东,巨款奉还。

替夫还债,秀君勤苦,
替父还债,贺乐节俭。

---

[1] 诲(huì):教导;诱导。
[2] 诫(jiè):警告,劝告。
[3] 直言:毫无顾忌地说出来。
[4] 妄(wàng):荒谬不合理。
[5] 绢(juàn):质地薄而坚韧的丝织品,也指用生丝织成的一种丝织品。
[6] 如数:按照原来的或规定的数目。
[7] 劭(shào):美好(多指道德品质)。

为之还款,半个世纪。
水林东林,清账年前。

辽宁曹伟,"傻子"粮油,
河南庆河,"诚信鸡蛋"。
保定洪安,"良心油条"。
业信必兴,人诚必贤。

# 榜样故事

## 孔子言信

在孔子看来,诚信是一个人应该具备的基本品德。他说:"信则人任焉❶。"(诚信才能得到人的信任,才能得到任用。)

孔子提倡"谨而信","与朋友交,言而有信","言必信,行必果"。说话一定要讲信用,说到就要做到,讲了的话就要兑现❷。

孔子说:"人而无信,不知其可也。大车无輗❸,小车无軏❹,其何以行之哉?"(一个人如果不讲信用,是无法在世上生活的。就像牛车没有輗,马车没有軏,车子怎么可以行走呢?)孔子把那些不讲信用的人称为小人,是不与他们交往的。

## 司马诚诚

司马光(1019—1086年),陕州夏县(今山西省夏县)涑水❺乡人,世称涑水先生。北宋著名政治家、史学家、文学家,为四朝元老❻,死后被封为温国公。司马光为人温良谦恭,刚正不阿❼,做事用功,刻苦勤奋。其人格堪称典范,历来受人景仰❽。

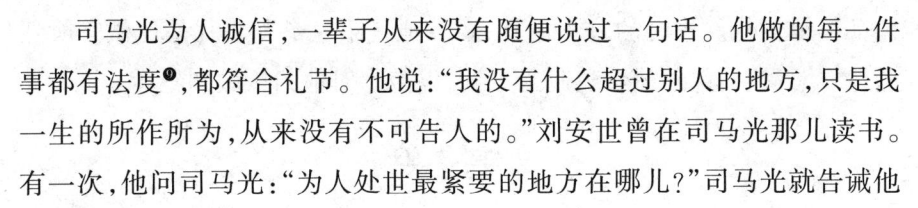

司马光为人诚信,一辈子从来没有随便说过一句话。他做的每一件事都有法度❾,都符合礼节。他说:"我没有什么超过别人的地方,只是我一生的所作所为,从来没有不可告人的。"刘安世曾在司马光那儿读书。有一次,他问司马光:"为人处世最紧要的地方在哪儿?"司马光就告诫他

---

❶焉(yān):表示肯定的语气。
❷兑(duì)现:比喻实现诺言。
❸輗(ní):古代大车辕端用来连接、固定横木的部件。
❹軏(yuè):古代车辕与横木相连接的关键。
❺涑(sù)水:地名。
❻元老:称某一领域年辈长资历高的人。
❼刚正不阿(ē):刚强正直,不阿谀奉承。
❽景仰:佩服尊敬;仰慕。
❾法度:行为的准则;规矩。

说,第一要诚实,要从不说假话做起。后来刘安世做了谏官,在朝廷里议论事情时非常正直,以直谏闻名,被人们称为"殿上虎"。

## 一诺千金❶

季布,战国时期楚国下相(今江苏省宿迁市宿城区)人,曾是西楚霸王项羽手下的五大将之一,多次击败刘邦军队。项羽败亡后,季布被汉高祖刘邦悬赏缉拿❷。后来,在夏侯婴说情下,刘邦赦免❸了他,并拜他为郎中。汉文帝时,季布作了河东郡守。

季布为人仗义,好打抱不平,以信守诺言、讲信用而著称,所以楚国人中广泛流传着"得黄金百斤,不如得季布一诺"的谚语。"一诺千金"这个成语就是从这儿来的。

## 远语无妄

南北朝时,南齐有一个人,名叫何远。他一生中,从不肯讲一句谎话。他常常对别人说,你如果能听到我一句说谎的话,我就送你一匹好绢。许多人都很留心地监督着他,可是最后谁也听不到他的谎话。他曾做过太守官,他把贫穷卑贱的人当子弟们一样看待,所以地方上的豪强们都很惧怕他。当时的公正清官,要数他是第一个了。凡是他做官所到的地方,百姓们都给他修建起了生祠,以表示对他的钦敬和纪念。

## 孝基还财

张孝基,宋朝时许昌(在今河南省境内)人,娶了同乡一个富翁家的女儿做妻子。他岳父只有一个儿子,可儿子的品行很不好,他岳父就把儿子赶出了家门。他岳父临死的时候,把家中全部的财产都交付给张孝基。后来他岳父的儿子沦落成叫化子。张孝基找到了他,就问他:"你能

---

❶一诺(nuò)千金:形容说话算数,所许诺言信实可靠。
❷缉(jī)拿:搜查捉拿(犯罪的人)。
❸赦(shè):以国家命令的方式减轻或免除对罪犯的刑罚。

不能耕种园地呢?"他回答说:"能。"张孝基就叫他去耕种园地。见他很勤力的耕作,张孝基就又问他:"你能不能管理库房呢?"他又回答说:"能。"张孝基就叫他管了库房。以后他越加淳厚谨慎了。张孝基见他已能够继承父业,就把他父亲所有的家产统统还给了他。

## 阎敞守信

汉朝的阎敞,在太守官第五常的府里做五官掾[1]。后来,朝廷召第五常进京,第五常就把自己以往积蓄下来的薪俸钱一百三十万,寄存在阎敞那儿。阎敞把这些钱埋在了自家厅堂的地里。后来,第五常全家的人都生病死了,只剩下一个孤苦伶仃[2]的孙子,年纪才九岁。他曾经听祖父第五常说过,有三十万钱寄存在阎敞那儿。等到长大后,他就到那边去访求。阎敞看见第五常的孙子已长大成人,不禁又悲伤又欢喜。阎敞把所有的钱都交给了他。第五常的孙子见有一百三十万的钱,就说:"我的祖父只说三十万,没有说一百三十万啊。"阎敞说:"这是太守生了病,所以说得模糊了,请你不要怀疑。"

## 张劭待式

东汉时期,张劭和范式是很重信义的好朋友,两个人曾经同在京城洛阳太学里读书。学成离别那天,张劭流着眼泪说:"今日一别,不知何时才能与你相见?"范式对他说:"两年后的中秋节中午,我会准时赶到你家与你见面,并拜见令尊[3]。"两年后,中秋节这天,张劭告诉了母亲,杀了鸡,备好了饭,等候范式到来。到了中午,母亲说:"他家远在江南,离这里有千里之远,恐怕不会来了,你为什么这样相信他呢?"张劭说:"范式是个讲信义的人,必定不会失约的。"正在这时,远处尘土飞扬,一匹快马飞奔而来,马上的人正是范式。

---

[1] 掾(yuàn):属员。
[2] 孤苦伶(líng)仃(dīng):形容孤独困苦。
[3] 令尊:敬辞,称对方的父亲。

## 朱晖许堪

汉朝时,有一个名叫朱晖的人,做人很有气节。有一个名叫张堪的人,在太学里见到朱晖,非常喜欢,就把着他的手臂对他说:"我想把妻儿拜托你照管。"朱晖听了这句话,因为责任重大,所以不敢答话。等到张堪死了,家里妻儿们穷苦得很。朱晖就亲自去看望,并且很丰厚地周济❶他们。张堪的儿子就问他:"父亲往日与您来往并不多,为什么您这样周济我们呢?"朱晖说:"你父亲曾经对我说过知己的话,我的心里已经把他看作是我的朋友了。"

## 王伟还奖

王伟,1975年生,山东省胶州市九龙街道办事处营房村体彩站站长。

2013年4月9日傍晚,周先生和3名同事一起来到体彩站购买彩票,发现自己中了一张10元彩票。因为急着上班,周先生兑出10元钱后,将手中其他彩票一扔就急忙离开了。王伟核对后发现其中一张的确中了10元钱,另一张彩票竟然是25万元大奖。王伟抓起彩票便冲出门,告诉了周先生。

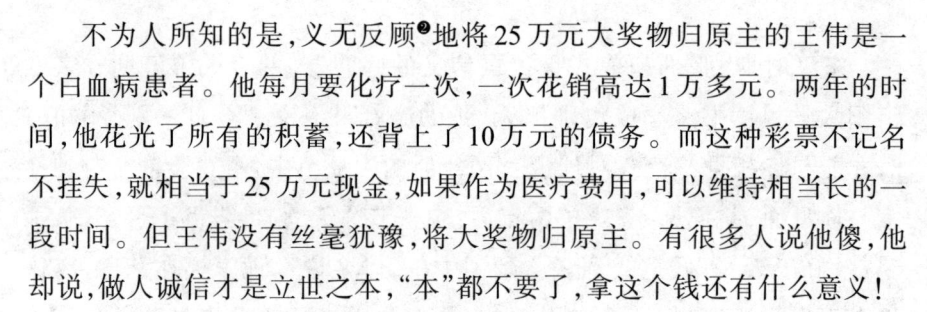

不为人所知的是,义无反顾❷地将25万元大奖物归原主的王伟是一个白血病患者。他每月要化疗一次,一次花销高达1万多元。两年的时间,他花光了所有的积蓄,还背上了10万元的债务。而这种彩票不记名不挂失,就相当于25万元现金,如果作为医疗费用,可以维持相当长的一段时间。但王伟没有丝毫犹豫,将大奖物归原主。有很多人说他傻,他却说,做人诚信才是立世之本,"本"都不要了,拿这个钱还有什么意义!

## 永生不贪

李永生,1964年生,甘肃省天水市甘谷县加林出租车公司驾驶员。

---

❶周济:对穷困的人给予物质上的帮助。
❷义无反顾:在道义上只有勇往直前,绝对不能退缩回头。

李永生家境贫困,母亲年已古稀❶,女儿在读大学,下岗的妻子在家照顾患先天性脑瘫的10岁儿子。

2012年3月11日下午,一名外地客人乘坐李永生的出租车时,将一个钱包遗忘在车上。起初李永生并未发现,直到下一个乘客上车,才知道客人遗失了钱物。于是二人一起将钱包送到出租车公司,等待失主认领。不久,来自兰州的失主许先生急急忙忙赶过来。经过核对,这个遗落在李永生车上的钱包共装有8200多元现金、存有11万元的4张银行卡及几张发票。失主紧紧地拉着李永生的手,当场掏出1000元钱表达谢意,被李永生婉言❷拒绝。

出租车公司的几本登记册里记录了李永生许多拾金不昧的事例:2010年3月15日,捡到冬虫夏草3袋,价值8万余元;2011年5月19日,捡到厨房用具两套……据统计,在李永生驾驶出租车的3年多时间里,捡到的财物总价值超过20万元。

## 完璧归赵

徐丽珍,1987年出生,福建省寿宁县凤阳乡人。2003年初中毕业后外出打工。

2005年4月6日,徐丽珍正在浙江温州市大南门名欧咖啡店当服务员。下午四五点钟,一桌顾客刚刚离去,徐丽珍立即上前收拾座台,突然发现桌旁的窗台上放着一个大皮包。徐丽珍马上提起那分量不轻的包,追到店门口,没有看到那桌顾客的身影,于是按店里的规定把包交到办公室,由大堂经理负责登记。

当大堂经理和其他工作人员一起打开皮包进行登记时,包里的东西把他们吓坏了:除了护照和身份证,里面有欧元现金、现汇现取汇票和十几个存折,金额总计超过1300万元。咖啡店一边报警,让警方帮助寻找失主,一边通过包内名片联系失主本人,最后终于将所有的财物完璧归赵。

---

❶古稀:指人七十岁。
❷婉(wǎn)言:婉转的话。

第二天,失主王先生来到咖啡店,一定要见见徐丽珍,并拿出1万元现金要酬谢她。徐丽珍婉言谢绝了:"这是我应该做的。这钱我不能要。"那时,徐丽珍一个月的工资不过800多元,1万元相当于她一年的收入。

2007年,徐丽珍被评为第一届全国道德模范。

## 巨款奉还

郑仁东,1952年出生,辽宁省丹东市振兴区环境卫生管理处保洁员。2009年3月18日上午,郑仁东与往常一样,在丹东市滨江路十三中学附近清扫保洁。当他将垃圾倒进垃圾箱时,发现了一个装着几大捆崭新钞票的纸袋。开始他还以为是假钱,可仔细一看,那是盖着银行印章、包着塑料、缠着封条❶的100元人民币,5万元一捆,一共4捆,共20万元。这对于一家人住在30多平方米的小房子里、儿子一直都没钱买房结婚、每月工资仅600元的郑仁东来说,确实是一笔巨额财富。看着厚厚的几沓❷子钞票,郑仁东一点都没有要据为己有的想法,只是想着怎样能把这些钱尽快还到失主手中。于是,他赶紧拨打了110报警,将所拾巨款原封不动地上缴警方,警方很快就找到了心急如焚❸的失主。失主拿到失而复得的钱感激不尽,并拿出2000元钱作为酬谢,但郑仁东分文未留,如数捐给了希望工程。郑仁东说:"20万现金如果我们昧下,也够给孩子买房结婚,但住着心里多不安呀。现在找到了失主,这样多好!"

## 武还夫债

武秀君,辽宁省本溪满族自治县南甸镇滴塔村一名普通的农家妇女。2002年12月,武秀君的丈夫赵勇突遇车祸离开人世,留给她瘦弱的老人、幼小的孩子,还有高达270万元的巨额债务。"我不能让丈夫死后被人戳脊梁骨❹!"武秀君给所有的债主一一打了电话,承诺只要有钱就立

---

❶封条:封闭门户或器物时粘贴的纸条,上面著明封闭日期并盖有印章。
❷沓(dá):用于重叠起来的纸张或其他薄的东西(一般不很厚)。
❸心急如焚(fén):心里急得像火烧一样,形容非常着急。
❹戳(chuō)脊梁骨:指在背后指责。

即还,并在所有欠条上签下了自己的名字,从此走上了养家糊口、替夫还债的道路。

尽管赵勇的账本里还记着别人欠他的钱300多万,可武秀君没想到的是,要钱会这么难。别人欠她的钱,有的是折价偿还,有的是一拖再拖。

2003年初,武秀君把儿子托付给姐姐,一个人来到了本溪。她学其他男人的样儿,当上了油漆工。但要还掉百万元的巨债,这样做实在太慢。一筹莫展之时,赵勇生前的一些朋友听说她要替夫还债,就从自己的工程中分出一部分给她。从此,她开始带领那些以前跟丈夫干活的工人,在本溪、沈阳等地承揽一些室内外装修和外墙建筑涂料粉刷的工程。在工地上,她和工人一起干,戴着口罩刷油漆,扎上围裙给工人做饭。她拼命挣钱,挣来的钱没等"焐❶热"就送上门去还别人的债。

就这样,5年里,她历经千辛万苦,用挣来的钱、要来的欠款还债,已经还清了二百多万欠款。

2007年,武秀君当选为全国道德模范。

## 黄还父债

黄贺乐,1979年6月生,福建省福清市港头镇草柄村村民。

1985年,黄贺乐的父亲从北方贩运回几车皮大米,谁曾想大米被大雨淋湿,全部发霉变质,血本无归。羞愧难当的父亲留下20多万元债务,躲到外地去了。年少的黄贺乐暗下决心:一定要努力挣钱,帮爸爸把债还清,好让父亲早日安心回家。

十几岁时,黄贺乐就开始四处打工挣钱。几年时间,他几乎跑遍了大半个中国,承受着常人难以想象的艰辛。16岁那年,他到北京做搬运工,一次就得扛起百八十斤重的货物,一天工作10多个小时,下班后回到租住的地方,已经累得挪不动身子。那时,他就靠着每个月几百元的微薄收入养家、还债,在生活上从不舍得多花一分钱。在北京电脑城当学

---

❶焐(wù):用热的东西接触凉的东西使变暖。

徒❶期间,他租住每月200元的地下室床位,舍不得坐公交车,经常徒步上班。

2006年,黄贺乐回到家乡开了一家电脑办公耗材❷店。为了尽早还清债务,他和妻子比以往更加省吃俭用、更加努力地挣钱。2012年8月,在还清了父亲大部分的债务之后,他终于将父亲从外地接回家中,但此时的父亲却已是胃癌晚期。40天后,老人便撒手人寰。父亲去世后,黄贺乐忍住悲痛,继续节衣缩食,终于在2012年底还清最后的4.8万元。

## 为之还款

杨为之,1920年出生,四川省攀枝花市盐边县老干部局离休干部。

1960年,杨为之在从盐边县城前往灌县(今四川省都江堰市)的途中,痔疮发作。路经成都时,疼痛难忍的他来到黄济川痔瘘医院看病。医生见杨为之不断流血,二话不说直接将他推进手术室……做完手术后,杨为之告诉医生自己没带那么多钱。没想到医生却说:"离家在外不容易,你的钱就留着当回家的路费吧,等有钱了再寄给我们。"就这样,杨为之在黄济川痔瘘医院免费医治一个多月。

尽管没有固定工作,抚养4个尚未成年的孩子,经济压力非常大,但杨为之始终没有忘记要把欠下的钱还上。1979年,他自学会计专业并进入一家乡镇企业工作,经济条件也一天天好起来。40多年过去了,杨为之和妻子多方托人打听黄济川痔瘘医院的消息都未果。2009年6月,他通过互联网了解到,医院早已更名为成都肛肠专科医院。老人马上与医院取得联系,表示要将当年的欠款寄去。院方却回复:"医院曾失火,资料损毁,无法查询费用情况。那么多年了,算了吧。"杨为之坚持给医院汇去了5000元钱。收到汇款后,医院上下都被老人的行为所感动。经过商量,医院决定向社会公开征集几名家庭困难的肛肠疾病患者,用这5000元钱为他们治疗,希望通过这种方式将老人诚信的精神传承下去。

---

❶学徒:在商店里学做买卖或在作坊、工厂里学习技术的年轻人。
❷耗材:使用过程中会被消耗掉的材料,如打印用的油墨、纸张等。

## 清账年前

孙水林,1960年生,湖北省武汉市黄陂[1]区泡桐镇人,建筑商。孙东林,1970年生,武汉东方建筑集团有限公司副总经理,孙水林的弟弟。

2010年2月9日,腊月二十六。在北京做建筑工程的孙水林回到天津,并决定赶在大雪封路前,赶回武汉,给先期回家的民工发放工钱。春节前发放工钱,是他对民工的承诺。

当晚,孙水林提取26万元现金,带着妻子和三个儿女出发了。次日凌晨,他驾车驶至南兰高速开封县陇海铁路桥时,由于路面结冰,发生重大车祸,孙水林一家五口全部遇难。

弟弟孙东林为了完成哥哥的遗愿,在大年三十前一天,来不及安慰年迈的父母,将工钱送到了民工的手中。因为哥哥离世后,账单多已不在,孙东林就让民工们凭着良心领工钱,大家说多少钱,就给多少钱。钱不够,孙东林就贴上了自己的6.6万元和母亲的1万元。就这样,在春节来临之前,60多名民工都如愿领到了工钱,孙东林如释重负。

"新年不欠旧年账,今生不欠来生债"。孙水林、孙东林兄弟20年坚守承诺,被人们赞为"信义兄弟"。2011年,孙水林、孙东林被评为第三届全国道德模范。

## 傻子粮油

曹伟,1978年生,辽宁省葫芦岛市连山区站前街"傻子"粮油店店主。

2003年9月,曹伟开办了"傻子"粮店。为保证大米质量,他每次验货,都自带电饭锅,煮熟了亲自品尝,挑选质量最好的进货。顾客前来选购,他都非常热心地教对方如何辨别陈粮[2]和新粮、什么油掺过假。曹伟经常说:做生意为了挣钱不假,但必须得讲良心讲诚信,做粮油生意就不能卖劣质产品。

一天,有个餐馆老板找到曹伟,想买陈粮和最便宜的油。曹伟知道

---

[1] 黄陂(pí):地名。
[2] 陈粮:上年预存或存放多年的粮食。

这个餐馆的消费者主要是学生,虽然这笔生意会带来不少的收入,但必将危害学生健康,他断然拒绝了。有人说他傻,曹伟说:"我不卖黑心粮,诚实做人,诚信经商。"粮油生意越做越红火,赚钱了,他想帮助更多的人。10年来,他资助了600名贫困学生、2500余位孤寡老人和病残人士,捐助款物合计超过230万元。

## 诚信鸡蛋

任庆河,1959年生,河南省郑州市金水区金达百货商店店主。

2004年,任庆河来到郑州,在丰产路和政七街交叉口租房开店从事粮油生意。2012年9月,任庆河的粮油店被拆迁。这时,他还有已预售出的6100多公斤鸡蛋、200桶食用油没有给顾客兑现。他心想,居民们相信咱,把钱放在咱这儿,咱就得对得起人家。顾客拿着鸡蛋票找不到店,一定十分着急,我不能失信于人。

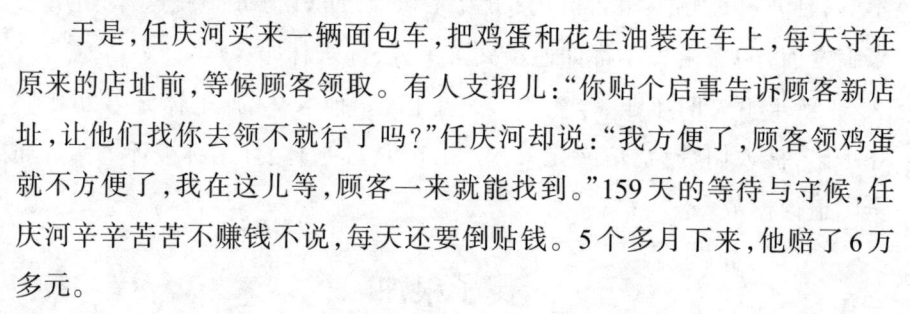

于是,任庆河买来一辆面包车,把鸡蛋和花生油装在车上,每天守在原来的店址前,等候顾客领取。有人支招儿:"你贴个启事告诉顾客新店址,让他们找你去领不就行了吗?"任庆河却说:"我方便了,顾客领鸡蛋就不方便了,我在这儿等,顾客一来就能找到。"159天的等待与守候,任庆河辛辛苦苦不赚钱不说,每天还要倒贴钱。5个多月下来,他赔了6万多元。

这个看似平常的等待,引起了众人的关注和赞誉,他也因而在网络上被网民称为"诚信鸡蛋哥"。

## 良心油条

刘洪安,1980年生,河北省保定市"油条哥"餐饮管理有限公司经理。

刘洪安一开始在保定市高开区银杏路开了一间早点铺,卖油条和豆腐脑。刚开始炸油条的时候,也曾重复用油。后来,他了解到,食用油反复加温会产生大量有害物质,会对人体造成很大危害。由于家人和自己得过重病,深知生命健康的价值,从2010年年初开始,他便使用一级大豆色拉油炸油条,而且坚持每天一换。刘洪安的早餐店"刘家豆腐脑"的招牌上,醒目地写着"己所不欲,勿施于人""安全用油,杜绝复炸"的标语。同时,为向顾客证明自己是用新油,特意贴出鉴别复炸油的方法,并放了一把"验油勺",供顾客随时检验。自此,刘洪安的"良心油条"生意门庭若市[1],在保定市引发了一股"做良心餐饮"的热潮。刘洪安也被网民亲切地称为"油条哥"。

[1]门庭若市:门口和庭院里热闹得像市场一样,形容交际来往的人很多。

# 五、义勇篇

　　不辜负❶亲友、师生、同志间那份深厚的情谊,叫"有情有义";时刻以国家、集体、社会、人民的利益为重,叫心存"公义"、心存"道义"。当需要在"利"与"义"之间做出选择的时候,我们不能"见利忘义",而应该"舍利取义"。大义当前,应该勇于行动,见义勇为❷。

---

❶辜(gū)负:对不住(别人的好意、期望或帮助)。
❷见义勇为:看到正义的事情奋勇地去做。

## 修德四字经

云敞自劾[1]，收章归葬。
郑弘上殿，为师鸣冤。
关羽挂印，千里寻兄。
巨伯请代，满城保全。

赵母被劫，勉苞志坚。
武训行乞，义塾创办。
龙梅玉荣，不弃羊群。
正祥伤残，执著护滇。

中和守患，四十八载。
万家三代，义渡百年。
蒙古日娜，先救邻子。
辽宁俊贵，守墓天山。

滔天巨浪，青刚无畏。
冰冷江水，祥斌勇敢。
残疾长秋，不畏枪弹。
茂华翁婿，三进烈焰。

妈妈菊萍，接抱坠婴。

[1] 劾（hé）：揭发罪状。

丽莉老师,扑向车前。
飞哥思广,一坠惊天。
见义勇为,美德承传。

# 榜样故事

## 云敞葬师

云敞,西汉大臣,平陵(今陕西省咸阳市秦都区)人。年轻时拜同县人、博士吴章为师,习读《尚书》。吴章是一代名儒,他的弟子有一千多人。汉平帝即位❶之初,王莽执政。吴章因参与反王莽事件,被腰斩后,尸体扔在了长安城东市门外。王莽还下令,凡是吴章的弟子永远不能做官。于是,吴章的弟子纷纷改名投到了别人门下。当时,云敞正官居大司徒掾,老师的惨死使他悲痛欲绝。云敞一路哭号跪拜着来到老师的尸首前,公然声明自己是吴章的学生,并将老师的尸首包好,带回家按照师礼入棺安葬。云敞的义行震惊了整个京城。后来,车骑将军王舜赏识他的志节,推荐他做了中郎谏议大夫。

## 郑弘上章❷

郑弘(？—公元86),汉朝时山阴(今浙江省绍兴市)人。

郑弘曾经拜河东太守焦贶❸为老师,在他那儿读书。焦贶因为别人的事受到了牵累,被捉拿进京,病死在了半路上。焦贶的妻子和孩子们,也都被关到京都的牢狱里。凡是他以前的朋友学生等,恐怕连累了自己,都改换了姓名去避祸。只有郑弘,剃去了头发,背了斩腰的刑具,上殿向皇帝给他的老师焦贶伸冤。显宗皇帝审明了情况,就赦免了焦贶全家。郑弘亲自去给焦贶送了殡,并将老师的妻子儿女送回故里。郑弘后来做过县官、太守、尚书令,又做了太尉。

---

❶即位:指开始做帝王或诸侯。

❷章:奏章。

❸贶(kuàng):赠;赐。

## 挂印封金

关羽（公元162？—220），字云长，河东解梁[1]（今山西省运城市）人，东汉末年名将。中平元年（184年），汉室宗亲刘备在涿[2]县组织起了一支义勇军，关羽与张飞同在其中，跟随刘备转战各地。三人情同兄弟，常一起同床而睡。

建安五年（200年），曹操进攻刘备，关羽战败被生擒，不得已而投降，曹操以厚礼相待，任命他为偏将军。后来曹操跟河北袁绍交战，关羽斩杀了袁绍的大将颜良，为曹操解了白马坡之围，立了大功，曹操上表奏请朝廷，封关羽为汉寿亭侯，还专门铸成一枚大印送给关羽。

当时，曹操想要留住他，就对他重加赏赐。但后来关羽得知兄长刘备在袁绍那里，便把曹操历次赏赐的金银都封存起来，把汉寿亭侯的大印悬挂在大堂上，留书告辞，不远千里，回到刘备身边。曹操的手下要追杀他，被曹操阻止了。民间把这一段故事叫做"挂印封金"。

关羽因为忠义和勇武，逐渐被神化，被民众尊称为关公、关老爷，后来清代朝廷又封关羽为"关圣大帝"、"武圣"，与"文圣"孔子齐名。

## 巨伯请代

东汉时期，有一个很重义气的人，叫荀巨伯。荀巨伯远道去探望生病的朋友，正好遇上胡兵进攻那座郡城。朋友对荀巨伯说："我现在是要死的人了！您还是离开吧。"荀巨伯说："我远道来看你，你却让我离开，让我败坏了义气去求活路，这哪里是我荀巨伯做的事！"胡兵进城后，对荀巨伯说："我们的大军一到，整个郡城的人都跑光了，你是什么人，竟敢留下来？"荀巨伯说："朋友有病，我不忍心抛弃他，我宁愿用自己的性命来代替我朋友的性命。"

胡兵相互议论说："我们这些不懂道义的人，却侵入了重道义的郡城！"于是，撤回大军，整个郡城都得以保全。

[1] 解（xiè）梁：地名。
[2] 涿（zhuō）：地名。

五、义勇篇

## 苞母勉子

　　汉朝时候,有个赵苞,刚做了辽西太守,就派人回家乡去接他的母亲到辽西来,以便照顾赡养。可走到柳城,正遇上鲜卑国的部队进来抢掠,他们把赵苞的母亲抓了去,当作人质❶。赵苞带兵来到阵前,大哭着对他的母亲说:"做儿子的本心,是方便亲自奉养母亲,哪里料到反给母亲招来了祸灾呢?"赵苞的母亲就远远地对他说:"凡是一个人,各有自己的命运。你切不可因顾全私家,做不忠不义的事。你难道没有听说过王陵的母亲对着汉朝的使官用剑自杀了,来坚固儿子志气的故事吗?"赵苞理解了母亲的心意,坚定了抗敌的决心,就立刻进兵和鲜卑人决战。鲜卑人大败,而赵苞的母亲却被鲜卑人杀死了。赵苞痛哭不止,最后也吐血而死。

## 千古义丐

　　武训先生(1838—1896年),山东省堂邑县(今山东省聊城市冠县柳林镇)武庄人。

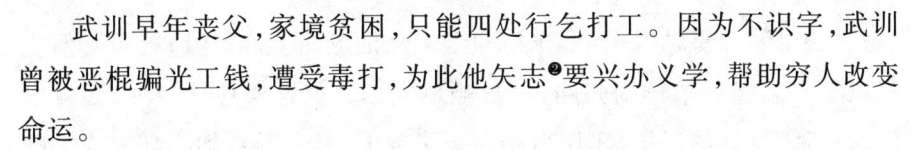

　　武训早年丧父,家境贫困,只能四处行乞打工。因为不识字,武训曾被恶棍骗光工钱,遭受毒打,为此他矢志❷要兴办义学,帮助穷人改变命运。

　　咸丰九年(1859年),21岁的武训开始行乞集资,其足迹遍及山东、河北、河南、江苏等地。他将讨得的较好衣食卖掉换钱,而自己只吃粗劣、发霉的食物和菜根、地瓜蒂等,还边吃边唱:"吃杂物,能当饭,省钱修个义学院。"武训白天乞讨,晚上纺线绩麻,边做活边唱:"接线头,缠线蛋,一心修个义学院;缠线蛋,接线头,修个义学不犯愁。"为了避免家庭的拖累,武训终生未娶,有人劝他成家,他唱道:"不娶妻,不生子,修个义学才无私。"

　　经过近三十年的艰辛,光绪十二年(1886年),武训已购买了田地230

❶人质:一方扣留或劫持的对方的人,用来迫使对方履行诺言或接受某些条件。
❷矢(shǐ)志:发誓立志。

亩，积攒了铜钱3800余吊。他就用这些资产建成了"崇贤义塾"。学校建成后，武训跪请当地进士、举人去任教，又跪求贫寒人家送孩子去上学，当年就招生50余名。此后数年，武训又成功开设了两所义塾，招收的学生达数百人。清廷给他授予"义学正"名号，颁发了"乐善好施"匾额，赏穿黄马褂。当第三所义塾建成不久，武训却因食用霉变食物，病逝在义塾内，享年[1]五十九岁。

武训后来成为享誉中外[2]的贫民教育家、慈善家，人们称颂他是"千古义丐"。

## 姐妹护羊

龙梅，1952年生，蒙古族，辽宁阜新人。玉荣，1955年生，龙梅的妹妹。龙梅与玉荣小时候生活在内蒙古自治区乌兰察布草原达茂联合旗新宝力格公社那仁格日勒生产大队。

1964年2月9日，小姐妹利用假日自告奋勇为生产队放羊，那时龙梅11岁，玉荣还不满9岁。这384只羊是集体的财产，姐妹俩放羊格外用心。

中午时分，暴风雪来了，龙梅和玉荣急忙拢住羊群，往回赶羊。但是狂风暴雪阻挡着羊群的归路，羊群顺风乱窜。就这样拦挡一阵，跟着羊群跑一阵，再继续拦挡，再跟着跑。到了晚上，暴风雪更加疯狂起来。她们已经迷失了方向，凭借着地上积雪的反光跟着羊群在风雪中狂奔。终于，玉荣倒在了雪地上，她的靴子已经和脚冻在了一起，成了大冰坨子。龙梅就把自己的大衣撕下一半，把妹妹的脚包住，把她放在小山坡避风的地方，等着人来救，自己则继续追赶羊群。直到第二天天亮，在暴风雪肆虐了二十多个小时以后，龙梅也已筋疲力尽，她挣扎着把已经跑不动的羊群追到铁道边的背风处，倒在雪地上，再也爬不起来了。早晨8点左右，幸好被当地牧民及时发现，姐妹俩和羊群才安全脱险。

---

[1] 享年：敬辞，称死去的人活的岁数（多指老人）。
[2] 享誉：享有盛誉。

384只羊只死了3只，而姐妹俩由于冻伤严重，龙梅失去了左脚拇指，玉荣右腿做了截肢手术，落下了终身残疾。由于她们的英勇事迹，被誉为"草原英雄小姐妹"。

## 正祥护滇

张正祥，1948年生，云南省昆明市西山区富善村村民。

1955年，只有7岁的张正祥失去父母，只身一个人钻进了滇池边的深山老林，过起"人猿泰山"一样的日子。1962年，14岁的张正祥回到富善村，学会了写字、读书，19岁当上了生产队长。

张正祥深爱着滇池，他不允许任何人以任何方式玷污他心中的圣地。他给村民们立了条规矩，不许在滇池里洗衣、倒污，不许砍伐滇池边的树木。为了阻止在滇池边上采矿，张正祥拿着昆明市政府1988年颁布的《滇池保护条例》开始了他的滇池保卫战。他每周绕滇池走一圈，一圈就是126公里，他一共走了一千多圈。他把采石场破坏环境的场面拍成照片，向有关部门反映。在那段时间里，张正祥每天的工作就是在滇池边巡查、拍摄、写材料反映情况。

张正祥花光了家里所有的积蓄，卖了养猪场。妻子无法忍受，离他而去。他的子女也经常受到不明身份的人的恐吓，小儿子因此患上了精神分裂症。张正祥自己更是经常遭到毒打。2002年深秋，当张正祥去一家私挖私采的矿场拍照取证时，矿主的保镖开着车向他直冲过来，张正祥被撞晕倒在地上。两个小时后，一场大雨把他浇醒，但他已右眼失明、右腿骨折。

他用牺牲整个家庭的惨重代价，使非法开矿带来的危害和治理保护滇池环境的重要性逐渐成为人们的共识。张正祥2009年被评为"感动中国"人物。

## 中和守患

唐中和，1946年生，湖南省新宁县丰田乡庄丰村乡村医生。

## 榜样故事
BANGYANG GUSHI

唐中和13岁时患上麻风病,被送到人称"麻风村"的新宁县回龙寺镇胭脂凼❶村。他在自己接受治疗的同时,跟着医生学习治疗麻风病,渐渐成了一名"编外医生"。他自学中草药治疗溃疡的方法,挽救了很多患者的生命。1963年的一天,唐中和面对麻风病人一双双乞求的目光,说出了他为之坚守了一辈子的话:"放心,我不会丢下你们不管!"为了这句承诺,他三次放弃了离开"麻风村"的机会,远离自己的家园故土、挚爱妻儿,在地处大山、条件艰苦的麻风村孤独坚守了48年。

几十年来,唐中和像"村主任"一样守护着麻风病患者,为他们治病抓药,为他们送米添衣,为他们中的逝者送终尽孝。

由于种种原因,唐中和始终没有正式的医生身份,加上手机费、生活费每月不足800元,待遇十分低。他说:"如果为了钱,我早离开这里了。我就是觉得,做人要信守承诺、说到做到。"

2011年,唐中和被评为第三届全国道德模范。

## 万家义渡

万其珍,男,湖北省建始县三里乡大沙河村农民。

1877年,万其珍的祖父万作柱举家迁到了大沙河村。当地百姓不但没有排斥他,还为他家的生活提供了很大的方便,这让他十分感动。他见这里没有渡船,很多村民家住此岸,田在彼岸,每日要绕行很远到对岸劳作,便造了条小木船,为村民摆渡,并郑重承诺,不向村民索取一文钱。

1949年,年迈的万作柱病逝前将儿孙叫到床前告诫他们:义渡是我们家答应乡亲们的,你们要继续下去。万其珍的父亲万述材作为长子,接过篙杆❷,一撑就是50年。万述材去世后,万其珍的幺❸叔万述荣二话没说,又在大沙河边摆起了船,直到病死在渡口旁。

1995年,时年53岁的万其珍郑重地从叔叔的手里接过了摆渡的长篙,开始了万家第三代的义渡生涯。

---

❶ 凼(dàng):水坑。
❷ 篙(gāo)杆:撑船的竹竿或木杆。
❸ 幺(yāo):排行最小的。

万家的船就是山民的路，方便了一辈又一辈无数过河人。腊月三十要渡，正月初一要渡，三更半夜村民有急事要渡，河水暴涨、雷雨交加，抢救病危的生命要渡。15年来，老万就这样一趟又一趟，永不停歇地渡，渡坏了3只大木船，撑破了20几把竹篙。

万其珍家并不富裕，在全村仅算中等偏下水平。日子过得虽然清苦，但从不收乡亲们一元钱。也曾有人给老万出主意：摆渡一人收费一元，每月至少有近万元的收入。但他听了这"生财之道"后，手一挥，坚决不干。

## 先救邻子

苏日娜，蒙古族，1979年生，内蒙古自治区兴安盟科右前旗乌兰毛都苏木萨仁台嘎查牧民。

2008年9月6日中午，苏日娜4岁的儿子好日华与邻居家5岁的文哲、3岁的文智一起在外屋玩耍。突然间，苏日娜听到了孩子们的哭喊声，她跑到外屋一看就惊呆了：放在外屋的一个汽油桶倒在了地上，汽油洒了一地，并且流到了炕灶口被引燃。当时，文智身上已经着火，文哲就站在旁边，而好日华正在扶倒在地上的油桶。看到这种情况，她一边对儿子大声喊着"别动油桶"，一边果断地用双手拉住邻居的两个孩子冲了出去。当她转过身准备再去救儿子时，整个房子已经着了起来。她不顾一切扑向了火海，刚到门口便被大火包围，全身烧了起来。这时邻居闻声赶来，一把把她拖出火海，刚一放手，她又返身冲了回去。邻居连拉带拽把她拉回，硬按进了门口的一处水洼，并扑灭了她身上、头上的火，而她心爱的儿子，却永远离开了妈妈。

从火海中被救出的苏日娜被烧成了重伤，在医务人员的全力抢救下，这位年轻的母亲终于走出了死亡线。

苏日娜被评为第四届全国道德模范。

## 榜样故事

## 俊贵守墓

陈俊贵，1959年生，辽宁人，新疆维吾尔自治区尼勒克县乔尔玛烈士陵园管理员。

1979年9月，陈俊贵随部队来到新疆天山深处参加修筑独库公路大会战。1980年4月8日，因施工部队被暴风雪围困面临危险，班长郑林书奉命带领陈俊贵等3名战士向驻守在山下的部队求援。

他们冒着风雪在雪地里走了两天两夜，终因体力透支❶到了极限，跌坐在了雪地里。更令人恐惧的是他们带的20多个馒头只剩下最后一个。生死关头，郑林书做出决定："我们4个，只有陈俊贵是个新兵，年龄又小，馒头让他吃"。

班长郑林书和副班长罗强先后倒下了。临终前，班长托付陈俊贵，希望他能到老家看望一下自己的父母。

后来，陈俊贵和战友陈卫星掉下山崖被哈萨克牧民救起，1500多名被暴风雪围困的施工官兵也得救了。

陈俊贵因严重冻伤，在医院接受了4年的治疗后，复员回到辽宁老家，当上了电影放映员。由于不知道班长家的详细地址和他父母的姓名，没能完成班长的遗愿，陈俊贵深怀愧疚。

1985年冬天，陈俊贵带着妻子和刚出生的儿子，来到天山脚下，开始为自己的班长和战友守墓。这一守就是28年。在这28年里，陈俊贵一家住在阴暗潮湿的地窝子里，地上铺着干草，自己开荒种地，过着苦行僧❷般的生活。2005年，陈俊贵终于从一名老战友那里得到班长的家庭地址，他立即赶赴湖北省罗田县寻找班长家人。班长的父母都已去世，陈俊贵跪在班长父母坟前说："对不起，我来晚了，你们不要牵挂，今生今世我都将守在郑林书坟前，让他永不寂寞！"

2013年，陈俊贵被评为第四届全国道德模范和"感动中国"年度人物。

---

❶透支：比喻精神、体力过度消耗，超过所能承受的程度。

❷苦行僧：用苦行的手段修行的僧人，也借指为实现某种目标而自我磨炼、甘愿受苦的人。

## 青刚无畏

魏青刚，1975年出生，河南省信阳市固始县钱老楼村人。

2005年8月8日，肆虐①过青岛市崂山区沙子口一带的9号台风"麦莎"慢慢离去。5时左右，突然一个巨浪打来，将一位醉心于观赏景色的女青年卷入大海。"有人落水了！"岸边人群中发出一阵阵惊呼声。

当时正在防浪堤坝②上散步的魏青刚没有丝毫犹豫，纵身跳入大海。魏青刚抱着落水女青年向岸边挣扎着游来。可是快到岸边时，一排巨浪将他们打散，女青年又被卷入大海。魏青刚只好自己爬上岸边，刚才与巨浪一番紧张搏斗后，他已经很疲劳，大口喘息着。

沙子口边防派出所的民警接到报警后，急速赶到现场。魏青刚自告奋勇站上前来："我下去过一次，对情况熟悉，让我再下去吧！"他穿上救生衣，套上救生圈，又跳入大海中。

可是，在波涛汹涌的大海中，落水女子被一排排巨浪遮挡，魏青刚怎么也看不见她。多次努力之后，他只好又返回岸上。

喘了一口气，魏青刚瞅准落水女子的位置，第三次跳入大海。他终于找到落水女青年，抓住她的手，这时岸上的民警们急速拖拉救生圈，将他们拖向岸边。

把女青年救上岸后，浑身是水的魏青刚准备离去，派出所民警问他姓名及地址，魏青刚只是说："我是河南的，在这里打工。"然后扭头消失在人群中。

事发三天后，派出所民警根据热心市民提供的当时救人的录像带，找到了正在沙子口麒麟③山庄打工的魏青刚。

魏青刚当选2005年度感动中国十大人物。

---

①肆(sì)虐(nüè)：任意残杀或迫害；起破坏作用。
②堤坝：堤和坝的总称，泛指放水、拦水的构筑物，多用土石等筑成。
③麒(qí)麟(lín)：古代传说中的一种动物，体形像鹿，头上有角，全身有鳞甲，有尾。古人拿它象征祥瑞。简称麟。

## 祥斌勇敢

孟祥斌，1979年出生，山东省齐河县刘桥镇刘桥村人。生前为中国人民解放军驻浙江金华某部副连职机要参谋。

2007年11月30日上午，孟祥斌带着妻子和女儿到市区购物。11时20分左右，在经过通济桥时，一名轻生女青年从10余米高的桥上跳下。孟祥斌一边冲向桥边，一边脱掉身上的衣服，不顾江水寒冷，跳水救人。

10分钟后，前来救援的摩托艇渐渐靠近了他们，孟祥斌用尽最后一丝力气将女青年托出水面，交到救援人员的手中，自己却再次沉入水中。13时40分，被打捞起来的孟祥斌被送往医院急救，但是却没能挽留住他年轻的生命。

12月4日，在孟祥斌的葬礼上，浙江金华市近3万名群众自发从四面八方赶到金华市殡仪馆❶，为舍己救人的英雄送行。

孟祥斌当选2007年度感动中国十大人物。

## 残疾长秋

纪长秋，1962年出生，吉林省长春市人。生前，他是长春市某社区的低保户，虽然身有残疾却自强不息❷，靠开个小卖店，四处打零工，为同样身有残疾的妻子和患有白血病的儿子撑起了一片清苦却晴朗的天空。

2009年9月29日14时26分，中国邮政储蓄银行吉林省长春市西朝阳路支行内发生了惊心一幕：劫犯李广庆用自制火枪威逼3名营业员离开办公区，抢走17万元巨款后跳窗逃离。

经过此地的纪长秋在听到"有人抢劫"的喊声后奋不顾身❸地追了过去。李广庆向追赶的人群接连扔出了三颗类似手榴弹的自制爆炸物，巨大的气浪把附近住宅楼几户人家的玻璃震得粉碎。但纪长秋依然没有退缩，紧追其后。

---

❶殡仪馆：供停放灵柩和办理丧事的机构。

❷自强不息：自己努力向上，永远不懈怠。

❸奋不顾身：奋勇直前，不顾生命。

仓皇❶逃窜的李广庆劫持了一辆出租车,紧追而来的纪长秋一把拉开车门将其按倒在座位上。穷凶极恶❷的歹徒举枪对准纪长秋的面部,扣动了扳机。

47岁的纪长秋倒在了血泊之中,他没有能再醒过来。

纪长秋被评为第三届全国道德模范。

## 英雄翁婿

王茂华,男,1983年出生,江西省宜春市袁州区慈化镇伯塘中学教师。谭良才,1966年出生,宜春市袁州区慈化镇冷水村村民,王茂华的岳父。

2010年3月21日下午2点45分,伯塘村村民李兴武家中发生大火,6名儿童被困屋内。当时,王茂华刚回到自己家,看到几米外李兴武家冒出了浓烟。王茂华立即跑过去,"不好,着火了!"他一边呼喊岳父来救人,一边冲进李兴武家。房内火苗翻滚,浓烟呛人。王茂华一手一个抱出两个小孩。谭良才也冲进去救出两个小孩。当王茂华听说里面还有孩子,立刻第二次冲进火场。几分钟后,王茂华第2次从火海中抱出一个小女孩。此时,他的衣服上已经着了火,他刚放下抱着的孩子,准备扑灭身上的火苗,几个孩子哭着喊道:"里面还有1个小孩!"王茂华和谭良才第3次冲进火海。就在这时,突然房子里响起爆炸声!烈火引燃了放在角落里的煤气罐,谭良才和王茂华被气浪先后冲出房屋,重重地摔倒在地上。

王茂华烧伤面积达98%,经多方救治无效,于5月2日不幸去世,年仅27岁。谭良才烧伤面积达85%,于2010年10月治疗康复。

王茂华、谭良才报评为2010年度感动中国十大人物。

---

❶仓皇:匆忙而慌张。
❷穷凶极恶:形容极端残暴恶毒。

榜样故事
BANGYANG GUSHI

## 最美妈妈

吴菊萍,1980年生,浙江省嘉兴市王江泾[1]镇人,在阿里巴巴品控部工作。

2011年7月2日下午1点30分,在杭州滨江区的一住宅小区,一个2岁女童突然从10楼坠落,正在楼下路过的吴菊萍奋不顾身地冲过去用双手接住了孩子。女孩稚嫩的生命得救了,但吴菊萍的手臂瞬间被巨大的冲击力撞成了粉碎性骨折。

吴菊萍也是一名母亲,事件发生时孩子只有七个月大,还在哺乳期。在坠楼女孩生死关头的瞬间,明知巨大的冲击力会造成伤害,她还是毫不犹豫地伸出手去,这样的牺牲精神让人感动,被称为"最美妈妈"。

吴菊萍被评为第三届全国道德模范和2011年度感动中国人物。

## 最美教师

张丽莉,1984年出生,黑龙江省佳木斯市第十九中学语文教师。

2012年5月8日放学时,张丽莉在路旁疏导学生。一辆停在路旁的客车因驾驶员误碰操纵杆失控撞向学生,危急时刻,张丽莉向前一扑,将车前的学生用力推到一边,自己却被撞倒了。

车轮从张丽莉的大腿辗压过去,肉都翻卷起来,路面满是鲜血,惨不忍睹。昏迷多天后,张丽莉醒来的第一句话是:"那几个孩子没事吧!"

经过抢救,张丽莉被迫高位截肢。

有人问张丽莉,"你后悔吗?"她回答:"不后悔。这样做是我的本能。我已经28岁了,我已和父母度过28年的快乐时光。那些孩子还小,他们的快乐人生刚刚开始。"

张丽莉先后获得全国优秀教师、2013年感动中国十大人物、第四届全国道德模范、"时代楷模"等荣誉称号。

---

[1] 泾(jīng):河沟。

## 一坠惊天

冯思广，1982年生于山东省聊城市茌平[1]县肖家庄乡冯营村，生前是中国人民解放军一名优秀的飞行员。

2010年5月6日，飞行员冯思广、张德山驾驶飞机进行夜间起落飞行训练。21时30分，第二次着陆连续起飞高度约50米时，发动机因机件故障突然停车。张德山当即向塔台报告，飞行指挥员果断下达命令："跳伞！跳伞！"

此时，飞机已飞临跑道南头拦阻网上空，与地面高度约50米，如果飞行员在飞机起飞上仰的态势下跳伞，冯思广和张德山都能生还，但飞机就会坠毁到城区。这是一片人口密集的区域，飞机一旦坠入这里，将会炸出一片火海，伤亡和损失难以计算。

就在这生死抉择的瞬间，冯思广和张德山不约而同地前推驾驶杆，将处于仰角12.3度的飞机迅速调整为俯角9.8度状态，由此改变了飞行轨迹。看到飞行轨迹已避开居民区，按照跳伞程序，先行跳出的后舱飞行员张德山跳伞成功，而前舱飞行员冯思广跳伞时，飞机高度仅有32米，后降落伞尚未张开即触地，壮烈牺牲。

从飞机发动机停车，到冯思广跳出座舱，前后只有5秒。

冯思广被评为第三届全国道德模范。

---

[1] 茌(chí)平：地名。

# 六、俭朴篇

　　自古以来,朴素节俭就是一种美德。我们应该以俭为荣,力戒奢侈❶,厉行节约,反对浪费。

---

❶奢(shē)侈(chǐ):花费钱财过多,享受过分。

## 修德四字经

颜回贤行,箪❶食瓢饮。
墨子劝政,用葬从俭。
晏子拒奢,不收车宅。
文子律己,粗茶淡饭。

汉文陵寝❷,只用陶器。
马后母仪,只穿粗绢。
宋祖匡胤❸,青布幔帐。
宰相叶颙❹,吃穿从简。

苏轼挂钱,精打细算。
张俭旧袍,三十余年。
太守王琎❺,埋羹❻戒奢。
仲淹克己❼,食粥心安。

商隐咏史,成俭败奢。
司马训康,家风承传。

❶箪(dān):古代盛饭用的圆形竹器。
❷陵寝:帝王的坟墓及墓地的宫殿建筑。
❸匡(kuāng)胤(yìn):宋朝开国皇帝。
❹颙(yóng):大。
❺琎(jīn):一种像玉的石。
❻羹(gēng):通常用蒸、煮等方法做成的糊状食物。
❼克己:克制自己的私心;对自己严格要求。

## 六、俭朴篇

庆龄俭用,"八卦"保暖。
老舍惜衣,灰布中山。

书福衣装,耐用价廉。
传代习惯,随手拾捡。
志军节约,天天"光盘"。
奢起贫兆,俭开福源。

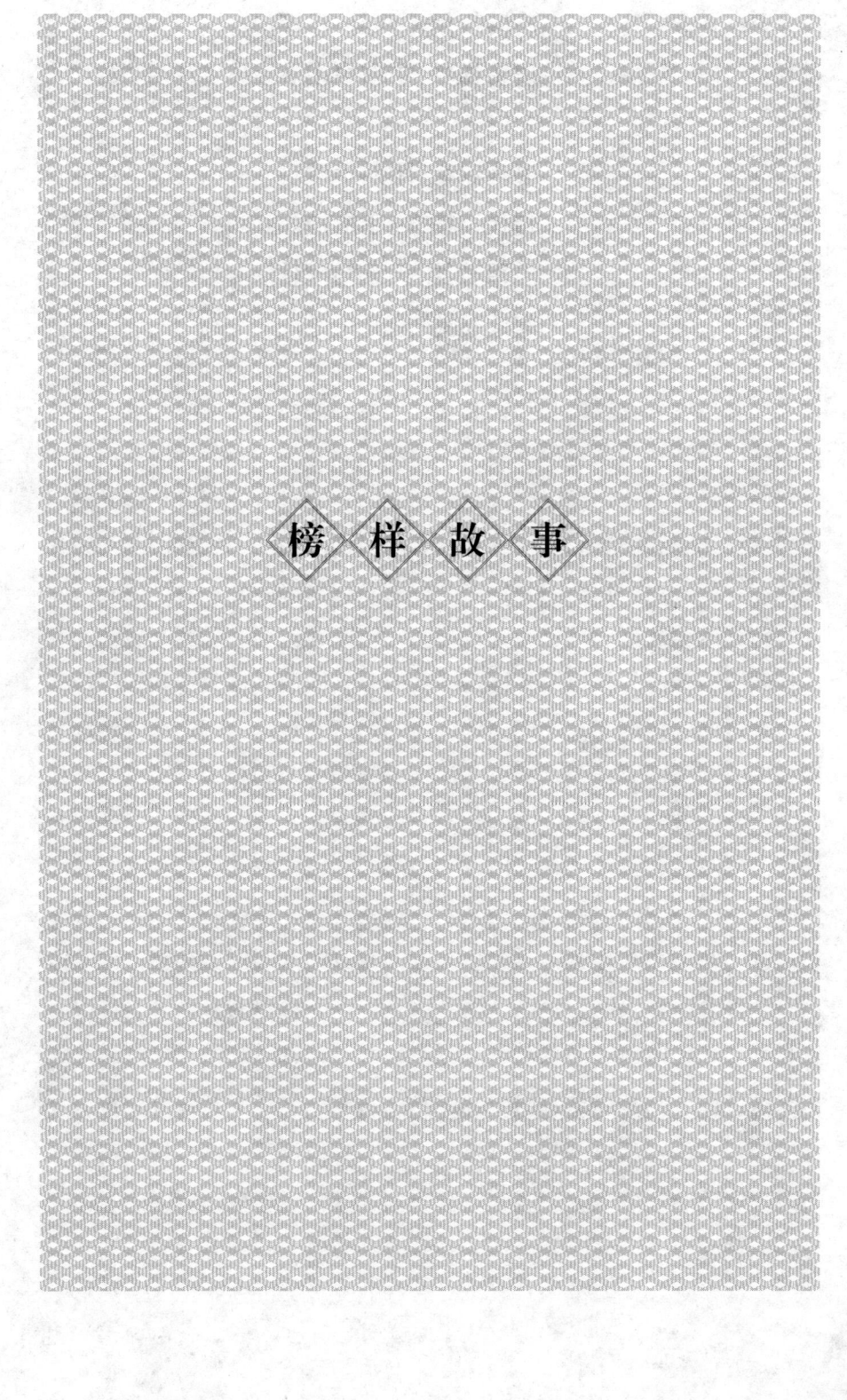

榜样故事

# 六、俭朴篇

## 颜回贤行

颜回(公元前521—公元前481),字子渊,春秋末期鲁国曲阜(今属山东省)人。十三岁拜孔子为师,是孔子最得意的学生,以好学和贤良著称。在孔门诸弟子中,孔子对他称赞最多。颜回年仅二十九岁,头发就全部白了,很早就去世了。颜回一生没有做过官,也没有留下传世之作,但历代文人学士对他无不推崇有加,后世尊其为"复圣"。

孔子曾称赞他:"贤哉,回也!一箪食,一瓢饮,在陋巷。人不堪其忧,回也不改其乐。"意思是,颜回的品质是多么高尚啊!一箪饭,一瓢水,住在简陋的小屋里,别人都忍受不了这种穷困清苦,颜回却没有改变他好学的乐趣。

## 墨子节用

墨子(公元前480—公元前390),名翟❶,鲁国人(今山东省滕❷州市人)。战国时期著名的思想家、教育家、军事家、社会活动家和自然科学家。后来其弟子收集其语录,完成《墨子》一书传世。

墨子精通手工技艺,可与当时的巧匠鲁班相比。墨子曾做过宋国大夫,最初从孔门弟子学习儒学,但后来逐渐对儒家繁琐的礼乐感到厌烦,最终舍掉了儒学,创立了墨家学说。为宣传自己的主张,墨子广收门徒,亲信弟子达到数百人之多,形成了声势浩大的墨家学派,在当时影响很大。

墨子主张"节用"。墨子认为,使一个国家走向富裕只有两条途径:一是增加生产,二是节约费用。他把"节用"看成治国的根本方针。他呼吁各国的统治者,放弃奢侈浪费的生活,将钱财用于国家开支。他说,饮食只要能强身健体就可以了,不必去追求奇珍异味;衣服只要能够遮体

---

❶ 翟(dí):古书上指长尾的野鸡。
❷ 滕(téng):周朝国名。

御寒就可以了，不必去追求炫丽[1]华贵；宫室只要能遮风挡雨就可以了，不必去追求富丽堂皇；舟车等物品也要本着实用为主，不必去追求华而不实的东西。

当时，儒家主张厚葬久丧，就是人死后要"重为棺椁[2]、多置衣物、哭孝三年"，耗费大量的财力和精力去办丧事，从而妨碍了生产生活的正常进行。墨子则主张"节葬"。他认为葬礼不分贵贱，也不需守丧。埋葬以后，应马上就去参加生产劳动。

墨子和他的信徒们都身体力行、以身作则，始终过着自苦利人的清贫生活。他们每天都要生产劳动，吃的是粗茶淡饭、穿的是粗布衣服。墨子的许多弟子都在外国做官，他把做官的弟子们所交的活动经费，都平均分配给贫穷的墨家弟子，以供他们生产生活之需。

## 晏子拒奢

晏子（公元前578—公元前500），名婴，春秋时齐国莱地夷维（今山东省高密县）人。春秋后期齐国的国相，是一位著名的政治家和外交家。

晏子历任三朝，作为堂堂相国，家里却很穷。齐景公了解到他家的境况，感到很吃惊，马上派人送去一千两黄金和一千石粮食，晏子说什么也不收，送了三次都被晏子谢绝了。

过了几天，齐景公又派人给他送去了一辆新车和几匹骏马。第二天天刚亮，晏子就把车和马都送了回去。

后来，齐景公听说晏子的房子又旧又小，就想为他盖一幢气派的相国府。齐景公一面派晏子出使晋国，一面让人在原址为晏子重建府第。于是，官差们赶走了附近的居民，工匠们昼夜赶工。等到晏子出使回来，一座崭新的宅第已经建成了。然而，晏子上朝拜谢了齐景公后，便吩咐手下的官吏："把这座新宅拆掉，把老邻居们都请回来，一切都按原样恢复吧。"不久，一切都恢复了原貌，晏子去向老邻居们一一道歉，请他们又

---

[1] 炫（xuàn）丽：指耀眼而华丽。
[2] 棺（guān）椁（guǒ）：泛指棺材。

搬回到原来的地方。

晏子死后,家人遵照他的遗愿,把他十分简朴地安葬在自己的宅院当中。人们为了纪念晏子,就把那里称为"清节里"。

## 文子律己

季孙行父(？—公元前568),史称"季文子",春秋时期鲁国的正卿。

季文子历任三朝宰相,前后执政三十多年,却十分简朴。平日里,他看不惯那些以炫耀财富为荣的贵族,尤其厌恶讲排场、搞浮华的风气。他家的住房极其简陋,平常饮食也总是粗茶淡饭。在衣着方面,他不仅自己很朴素,就连他的妻子儿女也从不穿丝绸衣服。季文子对粮食非常爱惜,他家的马匹,从不允许喂一粒粮食。

孟献子的儿子仲孙很瞧不起季文子这种做法,就问季文子:"你这样做,难道就不怕国中百官耻笑你吝啬吗?难道你不顾及与诸侯交往时会影响鲁国的声誉吗?"季文子回答道:"我当然也愿意穿绸衣、骑良马,可是,我看到国内老百姓吃粗粮穿破衣的还很多,我不能让全国父老姐妹粗饭破衣,而我家里的妻子儿女却过分讲究衣着饮食。我只听说人们具有高尚品德才是国家最大的荣誉,没听说过炫耀自己的美妾良马会给国家争光。"孟献子知道了这件事,很愤怒,就将儿子仲孙幽禁❶了7天。仲孙受到了父亲的管教,终于痛改前非❷。在季文子的倡导下,鲁国朝野出现了俭朴的风气。

## 汉文陵寝

汉文帝刘恒一生节俭,当皇帝二十三年,皇家的宫室、苑囿❸、车马等都没有增加,还多次下诏令给老百姓减免田赋❹。他平时只穿黑色的粗丝衣服,他所用的帷帐从来不刺绣,给天下人做出了表率。

---

❶幽禁:软禁;囚禁。
❷痛改前非:彻底改正以前所犯的错误。
❸苑(yuàn)囿(yòu):古代养禽兽种林木的地方(多指帝王的花园)。
❹赋:旧时指农业税。

刚当皇帝不久,有人献上一匹千里马给汉文帝。文帝退还了千里马,并赠送给送马人路费把他打发走。接着,汉文帝下诏说:"我不接受别人呈献的财物,通令❶四方诸侯官吏不要搜求奇珍异宝来献。"

霸陵是汉文帝的陵寝。霸陵的修建,汉文帝要求只用陶器,不用金、银、铜、锡做装饰,只凭借山势,不建高大的坟堆。

临死之前,汉文帝立下遗诏,丧事从简,丧期缩短。正是汉文帝的自身节俭及时刻想着施惠百姓,才出现了中国封建社会历史上第一个太平盛世——"文景之治",他是这个治世的开创者。

## 马后母仪

汉朝明帝的皇后马氏,是伏波将军马援的最小女儿。她13岁的时候,就被选到太子宫里去。在宫中,各种事情她都自己做,一切衣服都是亲手自裁自缝,两只手都生了冻疮、起了裂痕,她也不肯让服侍她的人去做。等到后来做了皇后,她还是很俭朴,她的头上,从不戴珍宝首饰,她身上也只穿粗绢制作的衣服。后宫里的人,都受了她的感化,所有服侍她的人,也都穿着没有装饰的裙子。天下的人也纷纷效法她。

## 宋祖俭约

宋太祖赵匡胤(公元927—976),字元朗,生于洛阳夹马营,即今河南省洛阳市瀍❷回族区东关,祖籍涿郡(今河北省涿州市),是宋朝的开国皇帝。

宋太祖作为皇帝,拥有至高无上的权威,享受着许许多多的特权。但他没有借自己的特权穷奢极欲,而是比较注意约束自己。他经常穿着旧衣服,所乘的车和各种用器都简单朴素。宫中的幔帐是用青布做的,窗帘也不做任何装饰。

建隆二年(961年)二月,他下令文武百官及百姓在皇帝生日及各种节日,不准上贡物送贺礼。

---

❶通令:把同一个命令发到若干地方。
❷瀍(chán)河:水名。

有一次,他拿出一套麻布衣裳给近臣看,说:"这是我过去穿的衣服。"宋太祖的弟弟赵匡义(即宋太宗)看到哥哥当了皇帝还这样俭约,便说:"陛下也太俭朴了。"宋太祖说:"你别忘了咱家在洛阳夹马营的艰苦日子呀。"

有一次,宋太祖的女儿永庆公主对宋太祖说:"皇上的车轿应该用黄金来装饰一下。"宋太祖笑着说:"朕富有天下。别说用黄金装饰车轿,就是用黄金装修房屋也能办到。不过,想到朕是为天下百姓守财,就不能这么干呀!古人讲:以一人治天下,不以天下奉一人。如果让天下百姓都为朕一人服务,百姓们如何活命呢?"

## 叶颙唯俭

叶颙(公元1100—1167),字子昂,宋代仙游(今福建省莆田市)人,曾任宋朝宰相。

叶颙为人清正耿直,刚强坚毅。从他开始做官,直到做了宰相以后,他家吃的穿的、僮仆婢妾、田地等,一切都不改以前的样子。做了二十年的官,到了死的时候,家中只有一亩地。

叶颙死后,有个叫林光朝的人有感于他的俭朴清白,做了一首诗纪念他,里面有两句是这样写的:"传家唯俭德,无地着楼台。"

## 东坡挂钱

苏轼(1037—1101年),字子瞻,号东坡居士,北宋眉州眉山(今属四川省眉山市)人,宋代著名文学家。

苏东坡一生在生活上都非常注重节俭。

1080年,苏东坡被降职贬官来到黄州,由于薪俸减少了许多,生活很窘迫❶。后来在朋友的帮助下,弄到一块地,便自己耕种起来。为了不乱花一文钱,他实行计划开支:把一年固定的收入分成12份,每月一份;然后又将每份分为30小份,每天只用一小份。他把每月分好的30小份钱

---

❶窘(jiǒng)迫:非常穷困。

挂在房梁上,每日清晨取下一包来,作为全天的生活开支。拿到每小份钱后,他总要仔细权衡[1],能不买的东西坚决不买,只准剩余,不准超支。积攒下来的钱,苏东坡把它们存在一个竹筒里,准备有意外的时候再用。

后来,他又在朝廷中做了高官,但仍注重节俭,自定每餐只能一饭一菜,有客也只能增加两个菜。一次,苏东坡的一个老友请他吃饭,他嘱咐朋友千万不可铺张[2]。可是,当他应约去老友家赴宴时,见酒席准备得太奢华,就婉言拒绝入席,告辞而去。苏东坡走后,他的朋友感慨地说:"当年东坡遭难时,生活很节俭。没想到他如今身居高位还这样节俭。"

## 旧袍张俭

张俭(962—1053年),辽朝大臣,官至左丞相、中书令,被封为韩王。

张俭生性正直诚谨,不喜欢虚伪奢华。他只穿粗丝织成的衣服,每餐只吃一样菜,按月领取的俸禄有了节余,便拿去接济亲朋旧友。一次正值冬天,他到皇上歇息的便殿去奏报事务,皇上见他袍子破旧,就暗地里让近侍用火夹在他的袍子上穿了个洞做记号。后来,皇上发现,他每次穿的都是这件袍子,皇上就问他其中的缘故。张俭回答说:"我这件袍子已经穿了三十年了。"皇上怜悯他清贫,让他任意取用内府物品,张俭奉诏后只拿了三匹布出来,因此更加受到皇上的嘉许重用。

## 埋羹太守

王琎,字器之,山东日照市涛雒[3](今山东省日照市)人。明朝洪武年间,王琎因才能出众,被任命为宁波知府。

王琎自幼家贫,曾经历过一段吃草根、啃树皮的艰难岁月。担任宁波太守后,他仍然不忘穷苦的日子,坚持节衣缩食,粗茶淡饭。一次,妻子特地给他做了一碗鱼羹,让他补养身体。王琎没有吃,对妻子说:"你

---

[1] 权衡:秤锤和秤杆,借指衡量、考虑。
[2] 铺张:追求形式上好看,过分讲究排场。
[3] 雒(luò):同"洛"。

难道忘记我们吃草根的时候了吗？"于是，让妻子将鱼羹撤下去，端到外面埋掉了。王琎这么做是为了提醒自己，当官不能奢侈。这件事传开以后，宁波百姓对他肃然起敬，称他为"埋羹太守"。

## 食粥心安

北宋著名的文学家范仲淹年轻时家里贫穷。他在南都学院读书时，天天煮一大锅粥，经过一晚上的凝固后，用刀切成四块，早晚各拿两块，再把腌[1]菜切成几块配着吃。当地的留守有个儿子和他一起学习，留守的儿子告诉父亲范仲淹的事，留守就送给范仲淹一些美味菜肴。范仲淹放在了一边，不久后食物全腐烂了。

留守的儿子说："家父听说你的生活清淡贫苦，送来这些吃的，可你为什么不吃呢？"范仲淹说："不是我不感谢你们的好心，只是因为我吃粥吃久了，心里安定，你如今要我享用如此丰盛的饭菜，以后的日子里我怎么会平静安心得再吃下这些粥呢？"

## 商隐咏史

李商隐（约公元813—858），唐代著名诗人，字义山，号玉溪生、樊[2]南生，祖籍怀州河内（今河南省沁[3]阳市），出生于荥阳（今河南省荥阳[4]市）。

唐文宗开成二年（837年），李商隐登进士第，曾任秘书省校书郎、弘农尉等职，一生困顿不得志。李商隐擅长诗歌写作，很多诗构思新奇，优美动人，广为传诵。

李商隐曾在一首《咏史》诗中写道："历览前贤国与家，成由勤俭败由奢。"意思是说，纵观历史上贤明的国家，勤俭能使国家昌盛而奢侈腐败会使国家灭亡，提出了一切政权成败的关键。

---

[1] 腌（yān）：把鱼、肉、蛋、蔬菜、果品等加上盐、糖、酱、酒等，放置一段时间使入味。
[2] 樊（fán）：篱笆。
[3] 沁（qìn）阳：地名。
[4] 荥（xíng）阳：地名。

## 榜样故事
BANGYANG GUSHI

## 司马训康

北宋著名文学家司马光曾给儿子司马康写过一篇家训[1]，题目是《训俭示康》，中心意思是谈节俭的好处，奢侈的坏处，训诫儿子要务行节俭，力戒奢侈。

司马光在文中说，他本来出生在贫寒的家庭，一代一代都继承了清白的家风。他一向衣服只求抵御寒冷，食物只求填饱肚子。许多人都把奢侈浪费看作光荣，他心里却把节俭朴素看作是美德。

司马光举例说，张文节当宰相时，他的生活还同以前当河阳节度判官时一样，有亲近的人劝他说："您现在俸禄不少，还这样节俭，外人对您有一些评论，说您虚伪。"张文节说："我今天的俸禄这样多，即使全家穿绸缎的衣服，吃珍贵的饮食，当然是做得到的。但是'由俭入奢易，由奢入俭难'。我今天的高俸禄哪能长期享有呢？如果有一天我罢官或病死了，家里的人习惯了奢侈的生活，而不能学会节俭，那时候一定会变得饥寒无依，哪里如现在这样，做官或不做官，活着或死后，家中都保持一样的生活标准呢？"这才是有道德才能之人的深谋远虑啊！

司马光教诲儿子：你不但本身应当力行节俭，还应当以节俭教诲你的子孙，使他们继承前辈的生活作风。

## 庆龄俭用

宋庆龄（公元1893—1981），祖籍海南省文昌市，出生于上海。是著名革命家、政治家，举世闻名的伟大女性，是孙中山先生的夫人，曾任中华人民共和国副主席、名誉主席。

每当出现在公众场合，特别是重大的外事[2]活动场合，宋庆龄的举止和服饰总是令人无可挑剔。然而，在日常生活中，宋庆龄的穿着却极为朴素。自20世纪50年代以后，随着年纪渐大，体形发生了变化，原来的旗袍显得瘦了，她就在左右两边的接缝处对称地加上一条料子，继续穿。

---

[1] 家训：家族或家庭对子女教导或训诫的话。
[2] 外事：外交事务。

## 六、俭朴篇

宋庆龄曾和保姆一起用26块碎布拼成一件棉背心,她很喜欢这件背心,经常穿在身上护背保暖,还风趣地称之为"八卦衣"。

在她的卧室里,使用的家具都很陈旧。一个自她结婚时就用的梳妆镜,镜面两边的水银都脱落了。工作人员曾劝她换一个,她不同意,一直用到她去世。

书桌旁有一个造型古老的落地灯,灯罩破了,她和保姆找来一块旧窗帘布,重新缝制了一个布灯罩,继续使用。

一些废旧物品,如日常使用过的空瓶、空盒、包装纸、绳子等,宋庆龄都会细心收集起来放好,以便日后再利用。

宋庆龄生前除了工资,唯一额外的收入是稿费,可她大都捐献给了妇女和儿童慈善事业。她没有什么个人财富,以致20世纪50年代时,为了营救外国朋友有吉幸治,她不得不翻找出珍藏多年的、自认为还有些价值的母亲的结婚礼服,送给友人家属,让他们拿去变卖赎❶人。

## 老舍惜衣

老舍(公元1899—1966),原名舒庆春,字舍予,北京满族正红旗人,中国现代著名作家,杰出的语言大师、人民艺术家。

老舍出生在一个贫寒的家庭,艰苦的生活环境培养了他勤俭节约的精神。当他功成名就之后,仍保持着俭朴的好习惯。一次,朋友邀他参加一个舞会。舞会是一个隆重的场合,穿着自然要讲究一些,可是老舍只有两套灰布中山装,洗过几次后,就显得旧了,穿在身上像个清洁工。老舍就穿着这样的衣服进了舞会。他对投来不解目光的朋友说:"对不起了,这已经是我最好的衣服了。"

## 书福朴素

李书福,1963年出生在浙江省台州市路桥区一个农民家庭里。高中毕业后,开始做生意,积累起了几千万的财富。1997年进入汽车市场,创

---

❶赎(shú):用财物把抵押品换回。

榜样故事
BANGYANG GUSHI

办了中国第一家生产轿车的民营企业——"吉利集团",任吉利集团董事长。此外,吉利还投资8亿多元创建了全国最大的民办大学——北京吉利大学。

李书福身价数亿,但这他俭朴的作风,与其身价一样出名。

一次,在接受中央电视台采访时,李书福曾当场展示,他所穿的那双鞋物美价廉,结实耐用,价格只有80元。而他穿着的印有吉利字样的衬衣只花了30元。

平时,李书福总喜欢穿一件黄色的夹克,在厂区干脆就穿工作服。有一次,李书福来到位于北京的一个下属企业视察,在公司大厦的门前被保安给拦住了,保安之所以不让他进楼门,是因为这座大厦谢绝民工进出。

李书福常常指着自己身上的西装说:"就这身300元的西装,穿着满世界跑,没什么不好嘛。"

## 传代拾捡

李传代,淮北矿业集团杨庄矿的一名职工。

1980年10月,李传代从技校毕业分配到杨庄矿综采二区工作,时任该区的党支部书记是全国劳动模范马典周,一有时间他就给职工反复讲过去的苦日子,教育工友要学会勤俭节约,不能有丝毫的浪费。

1981年3月的一天,李传代在井下拆除综采转载机时,将一颗有问题的螺丝随手扔了,碰巧被马典周发现了,马典周语重心长地对他说:"小李,你可知道这一颗螺丝值多少钱?是你一个月的工资啊,我们不能随便浪费,国家现在还很穷,要珍惜每一个零部件,能修复、复用的绝不能浪费。"随后,马典周把丢掉的螺丝又捡了回来,放进李传代的"工具包"里。这件事给了李传代深深的启迪,时时处处在鞭策着他,要养成随手捡拾小零件的习惯。

此后,李传代三十多年如一日,坚持在井下随手捡拾设备上遗漏的小零件,每年为矿上节约费用20余万元,用实际行动践行了节能降耗、勤俭节约的美德。这些年,李传代捡拾的小零件少说也有两三千公斤,1000多台井下开关更换的螺丝、垫圈都是李传代和工友们用工具包捡拾上来的。

2014年12月,李传代退休了,在简短的退休仪式上,他给工友们每人送了一只工具包。李传代说,希望这些工具包能将勤俭节约的精神世代传递下去。

2014年8月,李传代荣登"中国好人榜"。2015年,中宣部通报表扬了100名节俭养德全民节约行动先进个人,李传代又荣登榜单。

## "光盘行动"

"光盘行动"是倡导并践行节约粮食资源的一种自觉活动。"光盘行动"的发起人是中国国土资源报社的副社长徐志军。

2012年4月19日中央电视台播出了一期名为《奢侈的垃圾》的节目。徐志军看过这期节目后,被浪费掉的粮食的数字震惊了,他决定为节约粮食做点什么。很快,他就找到了一个方法,那就是:每天吃光自己盘子里的食物,并拍摄照片,把它发到微博里。

于是,他开始以"徐霞客"的网名,坚持每天不断地在网页上贴出自己吃完饭后光光如也的盘子,并号召大家都来推进光盘行动,节约粮食。他的倡议很快得到了人们的认同。

2012年7月,徐志军还组织了一些微博上的朋友"集体光盘"。参与"集体光盘"的徐志军微博上的朋友,都是网络上粉丝百万以上的"大V"。在网络大V们的帮助下,只用了一年不到的时间,徐志军就成功地把厉行节约的光盘行动推广到了全国。两年时间里,仅腾讯微博的转发量就高达5亿条。

光盘行动仍然在继续,全国的媒体、餐厅和院校纷纷响应。很多餐馆还推出了半份菜、免费打包等服务。"光盘行动"成为2013年十大新闻热词和最知名的公益品牌之一。

# 七、勤学篇

颜真卿有句名联:"黑发不知勤学早,白首方悔读书迟。"他劝勉我们要珍惜少壮年华,勤奋学习,否则,到老一事无成,后悔已晚。

韩愈则告诉我们:"书山有路勤为径,学海无涯苦作舟。"在读书、学习的道路上,没有捷径可走,想要在广博的书山、学海中汲取更多更广的知识,只有做到"勤奋"和"刻苦"。

人的一生永远有学不完的知识,只有不断地学习探索,生活才会更丰富、更充实。

## 修德四字经

买臣担柴,且行且诵。
李密挂角,边走边读。
欧阳痴迷,观碑反复。
高凤流麦,终成名儒。

公孙削竹,温舒编蒲,
怀素种蕉,无纸能书。
车胤囊萤,孙康映雪,
匡衡凿壁,无灯夜读。

孙敬好学,以发悬梁。
苏秦发愤,以锥刺股。
司马励志,圆木为枕。
祖逖报国,闻鸡起舞❶。

孔子读《易》,韦编三绝❷。
张芝习书,池水尽污。
退笔成冢❸,智永铁槛。

---

❶闻鸡起舞:东晋时,祖逖和刘琨二人为好友,常常互相勉励,半夜听到鸡鸣就起床舞剑。后用来指志士及时奋发。

❷韦编三绝:孔子晚年很爱读《周易》,翻来覆去地读,使穿连《周易》竹简的皮条断了好几次。后来用"韦编三绝"形容读书勤奋。

❸冢(zhǒng):坟墓。

十八缸水,献之齐父。

陆游筑巢,四顾皆书。
玄奘参学,取经印度。
百岁羡林,笔耕❶不辍。
天道酬勤,学不停步。

❶笔耕:指写作。

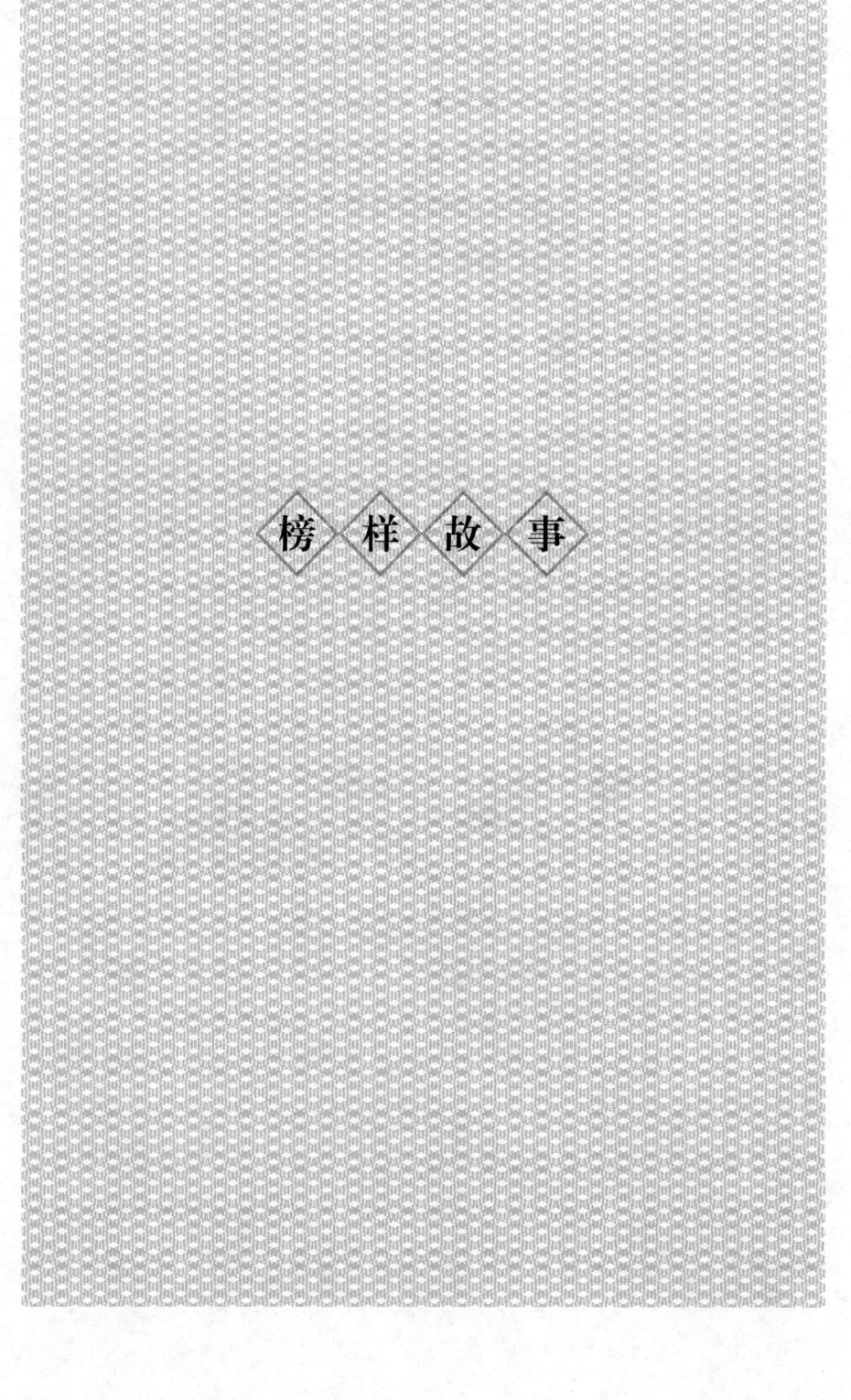

# 榜样故事

## 买臣负薪

朱买臣，会稽郡吴县（今属江苏省）人，我国西汉中期政治人物。

朱买臣年轻时家里很穷，但非常爱好读书，四十岁了仍然是个落魄儒生。

汉景帝时期，朱买臣夫妻为躲避战乱，逃到人烟稀少的深山里，搭个茅屋居住。夫妻俩同到山上砍柴，挑到山下市场上去卖，维持生活。朱买臣每次在挑柴途中都会背诵诗文，有人在背后笑他是个书痴，他妻子感到很难堪，就劝他挑柴时不要嘴里念个不停，让周围人当笑柄。可朱买臣不听妻子的劝告，反而越念越响，甚至像唱山歌一样，弄得周围的人都围过来看热闹。他妻子感到很羞愧，不顾朱买臣再三劝说，离家而去。

汉武帝时，朱买臣经同乡推荐，做了中大夫，后升为会稽太守，又升为主爵都尉，位列九卿。

今天，苏州穹窿山东铜岭下有一块高大的盘石，相传为朱买臣当时的读书处，又称"读书台"。

## 李密挂角

李密（公元582—619），字玄邃[1]，又字法主，京兆长安（今陕西省西安市）人，隋唐时期的群雄之一。

李密少年时代，曾在隋炀帝[2]的宫廷里当侍卫。他生性灵活，在值班的时候左顾右盼，被隋炀帝发现了，认为这孩子不大老实就免了他的职。李密并不懊丧，回家后发愤读书。由于他以放牛为生，所以常坐在牛背上读书。

有一次，李密听说缑山[3]有一位名士包恺[4]，就前去向他求学。李密

---

[1] 邃（suì）：（时间、空间）深远；精深。
[2] 隋（suí）炀（yáng）帝：隋朝帝王名。
[3] 缑（gōu）山：地名。
[4] 恺（kǎi）：快乐；和乐。

## 榜样故事

骑上一头牛出发了,牛背上铺着用蒲草编的垫子,牛角上挂着一部《汉书》。李密一边赶路一边读《汉书》。正巧越国公杨素骑着快马从后面赶上来,勒住马赞扬他:"这么勤奋的书生真是少见!"

## 信本观碑

欧阳询(公元557—641),字信本,潭州临湘(今湖南省长沙市)人,隋朝时为太常博士,唐朝时被封为太子率更令。楷书四大家之一,他的"欧体"正楷骨气劲峭,法度❶严整,被后代书法家奉为圭臬❷。

欧阳询聪敏勤学,读书一目十行,少年时就博览古今,尤其爱好书法,几乎达到痴迷的程度。据说,有一次欧阳询骑马外出,在道旁看到一块晋代书法名家索靖所写的石碑。他骑在马上仔细观看了一阵才离开,但刚走几步又忍不住返回来下马观赏,看了多时不愿离去,便干脆铺上毡子坐下来反复揣摩,最后竟在碑旁一连坐卧了三天才离去。

## 高凤流麦

高凤,字文通,南阳人。年轻时是一个书生,家里以种田为生,但却尽可能挤出时间专心读书,白天黑夜都不停息。有一次,他的妻子到田里去,庭院里晾晒着麦子,就让高凤看住鸡,别让鸡吃了麦子。后来突然下起了暴雨,高凤拿着竹竿专心读书,没有发觉积水已经把麦子冲走了。妻子回来后责问他,高凤这才恍然大悟。后来高凤成了著名的学者,在西唐山(今在河南省叶县常村乡)教书,闻名于天下。

## 公孙削竹

公孙弘(公元前200—公元前121),字季,西汉淄川❸国(今属山东省)薛人,西汉大臣。

---

❶法度:法令制度;法律。
❷圭(guī)臬(niè):借指准则或法度。
❸淄(zī)川:地名。

公孙弘出身贫贱,曾靠给富人家放猪维持生活。年轻时,曾任过薛县的狱吏,因无学识,常发生过失,被免职。为此,他立志读书。他在五十多岁的时候,还经常跑到竹林里把竹子削成竹简,把借来的《春秋》和各家的注解,抄在竹简上面研读。汉武帝时期,公孙弘因为博学做了丞相,被封为平津侯。

## 温舒编蒲

路温舒,字长君,钜鹿❶(今河北省广宗县)人,西汉著名的司法官。

路温舒小时候给人放羊,家贫没有钱买书。只能自己下功夫抄录,否则就无书可学。

路温舒放羊时经常路过一片池塘,他注意到池塘边上长的蒲草很茂盛,就背回家一大捆,截成与竹简一样的尺寸,并将其编联在一起,然后借来《尚书》工工整整地抄到上面。有了蒲编书,他就一边放羊一边读书。后来由于他精通汉书,熟悉法律,最后官至临淮太守,成为西汉著名的法律专家。

## 怀素书蕉

怀素(公元737—799),字藏真,僧名怀素,俗姓钱,唐代永州零陵(今湖南省永州市零陵区)人。幼年好佛,出家为僧。怀素是中国历史上杰出的书法家,他的草书称为"狂草",与唐代另一草书家张旭齐名。

怀素酷爱草书,以他须臾❷之间能纵横❸挥洒❹千百张的劲头,购买练字用的纸张实在是一大问题。为了解决这个问题,怀素想了不少办法。后来,他在自己的居处附近,种上了一大片芭蕉。芭蕉是多年生草本植物,叶子大而宽,就像一张宽大的宣纸。这样既可以放开手脚任意挥洒,又可以反复书写。由于怀素没日没夜地练字,老芭蕉叶剥光了,小叶又

---

❶钜(jù)鹿:地名。
❷须臾(yú):极短的时间;片刻。
❸纵横:奔放自如。
❹挥洒:挥毫泼墨,指运笔写文章、画画等。

舍不得摘,于是干脆带了笔墨站在芭蕉树前对着鲜叶书写。他写完一处,再写另一处,从未间断。

怀素还为自己的住处取了个很有诗意的斋号——"绿天庵"。

## 车胤囊萤

车胤(约公元333—约401),字武子,东晋南平郡(今湖南省津市一带)人。

车胤自幼聪颖好学,因家中贫寒,晚上看书常没钱点灯。到了夏夜,他就捕捉一些萤火虫,把他们装在一个绢做的口袋里,萤光就照射出来。车胤就借着萤火虫发出的微弱光线,夜以继日地苦读。他的学识与日俱增,后来成了知名的学者。今湖南省津市新洲镇车渚[1]村有个"囊萤台",相传为车胤囊萤照读遗址。

## 孙康映雪

孙康,晋代京兆(今河南省洛阳市)人。

孙康幼时酷爱读书,常常感到时间不够用。他想夜以继日地攻读,可是此时家道中落,没钱买油点灯,一到天黑,便没有办法读书了。特别是到了冬天,长夜漫漫,他有时辗转很久难以入睡。实在没有办法,只好白天多看书,晚上躺在床上默诵。

一天夜里,他一觉醒来忽然发现从窗外透进几丝白光。开门一看,原来是下了一场大雪,亮光是大雪映出来的。孙康心中一动,映着雪光可否读书呢?他急急忙忙跑回到屋里,拿出书来对着雪地的反光一看,果然字迹清楚。

整个冬天,孙康都夜以继日地苦读,从没有中断过。功夫不负有心人,后来,孙康终于成了一位很有名望的学者。

---

[1] 渚(zhǔ):水中间的小块陆地。

## 凿壁借光

匡衡,字稚圭,西汉东海郡(今江苏省邳❶县以东至海,连山东省滋阳县以东至海地区)承县人。

匡家世代务农,但匡衡却十分好学,勤奋努力。由于家境贫寒,夜晚没有灯烛,他就凿穿墙壁借邻居家的烛光苦读。

同乡有个富翁家中藏书很丰富。匡衡家穷买不起书,就去他家做工,却不取分文工钱。富翁感到很奇怪,问匡衡为什么?匡衡说:"我不想要工钱,只希望您能把家中的书都借给我读,我就心满意足了。"富翁听了,被他勤奋好学的精神所感动,就答应了他的请求。从此,匡衡就有了极好的读书机会。最终,匡衡成了一位知识渊博的大学问家。

## 孙敬悬梁

孙敬,字文宝,汉代信都(今河北省冀州市)人,著名的政治家。

孙敬年轻时勤奋好学,常年闭门谢客攻读诗书。他苦读诗书,常常通宵达旦,困倦得眼皮都睁不开了,就弄根绳子把头发绑起来吊在房梁上。打盹❷低头的时候,揪一下头发就惊醒了,他就继续读下去。

孙敬凭借其独特的"头悬梁"的苦读精神,终能通今博古、满腹经纶❸,成为当时知名的大儒。

## 苏秦刺股

苏秦(?—公元前284),字季子,雒阳(今河南省洛阳市)人,战国时期著名的谋略家和外交家。

苏秦早年到齐国求学,拜鬼谷子为师。学成后,他很想有所作为,本想求见周朝天子,却没有引见之路。一气之下,他变卖了家产到别的国家找出路去了。但是他东奔西跑了好几年,也没做成官。后来钱用光

---

❶邳(pī):地名。
❷打盹(dǔn):很短时间的睡眠。
❸满腹经纶:形容人很有政治才能或很有才学。

了,衣服也穿破了,只好回家。回家后,家人对他也很冷淡,瞧不起他。这对他的刺激很大,他决心争一口气。从此以后,他发愤读书,钻研兵法,天天到深夜。有时候读书读到半夜,又累又困,他就用锥子扎自己的大腿,虽然很疼,但精神却来了,他就接着读下去。这就是后来人们说的"锥刺股"。

经过如此一年多的苦读,苏秦再次出山,终于说服六国联合抗秦,完成了合纵大计,自己也腰挂六国的相印,成为历史上著名的纵横家。

## 温公警枕

司马光是宋朝著名的政治家和文学家,后来人们又称他司马温公。

司马光从小到老,一直坚持不懈地学习,做官之后反而更加刻苦。他住的地方,除了图书和卧具,再没有其他珍贵的摆设。卧具很简单:一架木板床,一条粗布被子,一个圆木枕头。为什么要用圆木枕头呢?说来很有意思,当读书太困倦的时候,一睡就是一大觉。圆木枕头放到硬邦邦的木板床上,只要稍微动一下,它就滚走了。头跌在木板床上,惊醒了司马光,他就会立刻爬起来继续读书。司马光给这个圆木枕头起了个名字叫"警枕。"

## 闻鸡起舞

祖逖(公元266—321),字士稚,范阳遒❶县(今河北省涞水县)人,东晋名将。

祖逖少年时生性豁达,不拘小节,轻财重义。后来发奋读书,博览古今,有经世辅国之才。

祖逖年轻时就很有抱负,立志恢复中原。每次和好友刘琨谈论时局,总是慷慨激昂,满怀义愤。为了报效国家,他们在半夜一听到鸡鸣,就披衣起床,拔剑习武,刻苦锻炼。这就是成语"闻鸡起舞"的来源。

---

❶遒(qiú):古同"遒"。古县名。

## 韦编三绝

　　春秋时期的书,主要是用竹子削成一根根的竹简,然后在竹简上写字做成的。一部书要用许多竹简,这些竹简用结实的绳子按次序编连起来才最后成书,便于阅读。通常,用丝线编连的叫"丝编",用麻绳编连的叫"绳编",用熟牛皮绳编连的叫"韦编"。

　　孔子晚年的时候喜欢研究《易》。他花了很大的精力,反反复复地把《易》研读了许多遍,又附注了许多内容。孔子这样读来读去,把串连竹简的牛皮绳子磨断了多次,就换上新的再使用。即使读到了这样的地步,孔子还谦虚地说:"假如让我多活几年,我就可以透彻理解《易》这本书了。"

## 临池学书

　　张芝(？—约公元192),字伯英,敦煌酒泉(今甘肃省酒泉)人,东汉书法家。

　　张芝年轻时就很有操节,而且勤奋好学。朝廷屡次征召他出来做官,都被他拒绝了。他潜心研究书法,尤好草书。他的父亲张奂为方便张芝兄弟习文练字,就让人打造了石桌、石凳,并让人在河边挖了一个水池。从此,张芝兄弟以帛为纸,临池学书,先练写而后漂洗再用。就这样,日复一日,年复一年,整池水都染黑了,张芝也终于摆脱旧俗,独创了章草,开书法之一代新天地。历代书法大家誉称张芝的草书为"一笔书",尊称张芝为"草圣"。

## 退笔成冢

　　智永,陈、隋间僧人,会稽(今属浙江省绍兴市)人。本姓王,是晋代书法家王羲之的第七世孙。僧名法极,字智永,人称"永禅师"。

　　智永练习书法极为刻苦。他在永欣寺时,曾在一座小楼内专心练字,发誓"书不成,不下此楼"。在这座冷冷清清的小楼里,他如痴如醉地练习，毛笔用坏了一支又一支，笔头写秃了就换下来丢进大瓮里。日积月累，竟积攒下十大瓮笔头。智永后来在寺院后院挖了一个深坑，将这些笔头埋在里面，上面还堆起了坟冢。坟前立一石碑，上刻"退笔冢"三字，下有"僧智永立"几个小字，背后还有智永写的一篇墓志铭。

经过三十年的努力，智永的书法果然大有进步。他的名气也越来越大，求其真迹者很多，登门求教的人也很多，以致他屋门口的门槛多次被踩坏，智永只好用铁皮来加固门槛，当时的人们都称之为"铁门槛"。这"退笔冢"与"铁门槛"便成为书坛佳话。

## 十八缸水

王献之（公元344—386），字子敬，生于会稽山阴（今浙江省绍兴市），书圣王羲之的第七子。东晋书法家、诗人，官至中书令。

王献之七八岁时开始学习书法。十来岁时，他自认为字写得不错了。一天，他去问父亲："我的字再练三年就够好了吧？"王羲之笑而不答，母亲摇着头说："远着呢！"献之又问："那，五年呢？"母亲的头仍旧摇着。献之急着追问："那究竟多少年才能练好字呢？"王羲之看看儿子，走到窗前，指着院内的一排大缸说："你呀，写完那十八口大缸里的水，字才有骨架子，才能站稳腿呢！"王献之听了心里很不服气，暗下决心要显点本领给父母看。

于是他天天按父亲的要求，先从基本笔画练起，苦苦练了五年。一天，他捧着自己的作品给父亲看。王羲之没有作声，翻阅后，见其中的"大"字架势上紧下松，便提笔在下面加上一点，成了"太"字，然后把字稿全部退还给献之。小献之心中有点不是滋味，又将全部习字抱给母亲看。母亲则仔细地揣摩，许久才叹了口气说："我儿子写了千日，惟有一点像你爸爸。"献之走近一看，惊傻了！原来母亲指的这一点正是王羲之在大字下面加的那一点！献之满脸羞愧，自感写字功底差远了，便一头扑进书房，天天研墨挥毫，刻苦临习。

不知又经过了多少个日日夜夜，他的书法大有长进。后来终于成为举世闻名的书法家,与父亲齐名,并称"二王"。

## 陆游书巢

陆游(公元1125—1210),字务观,号放翁。南宋时期越州山阴(今浙江省绍兴市越城区)人,是我国伟大的爱国诗人、词人。陆游一生著作丰富,是我国现有存诗最多的诗人。

陆游一生仕途❶坎坷,晚年退居家乡。归家时,他什么都没有带,将全部家财都变卖了,全部买成了书,拉回家。陆家藏书之富在当时是很著名的。

陆游一生酷爱读书,他晚年时体弱多病,仍勤读不辍。他将自己的住室命名为"书巢",题写了"万卷古今消永日,一窗昏晓送流年"的联句以明夙志❷。

有人问他为何命名为"书巢",他回答说:"我屋子里,有的书堆在木箱上,有的书陈列在桌面上,有的书放在床上,抬头低头看看,四周环顾一下,没有不是书的地方。我饮食起居、喜怒哀乐、生病呻吟,都与书在一起。偶尔想要站起来,但杂乱的书围绕着我,有时到了不能行走的地步,这还不能算是'书巢'吗?"

## 玄奘西游

玄奘(公元600—664),俗姓陈,名祎,洛州缑氏(今河南省偃师市)人。唐代著名高僧,佛经翻译家、旅行家,世人尊称三藏法师,俗称唐僧。

玄奘13岁出家,曾游历各地,拜访名师,遍读佛典。由于当时传入中国的佛教经典有限,众师解说不同,玄奘深感无从获解,于是为了求得佛教真理,决定去天竺(今印度)游学求法。

贞观元年(627年),玄奘从长安(今陕西省西安市)出发,途经中亚、阿富汗等地,饱经风霜,历尽艰险,最后到达印度,在佛学中心那烂陀寺

---

❶仕途:指做官的道路。
❷夙(sù)志:一向怀有的志愿。

### 榜样故事
BANGYANG GUSHI

跟随戒贤法师学佛5年多。由于学识出众,获得印度佛教"三藏法师"的崇高地位。

玄奘在贞观十九年回到长安,共带回佛舍利150粒、佛像7尊、经论657部。此后,在唐太宗的支持下,他在长安设立译经院,先后译经19年,共译出经论75部,总计1335卷。译经讲法之余,玄奘还口授由弟子辩机执笔完成了著名的《大唐西域记》一书,全面记述了他西游亲身经历的110个国家及传闻的28个国家的山川、地邑、物产、习俗等。玄奘因积劳成疾,于公元664年圆寂❶。

## 羡林笔耕

季羡林(公元1911—2009),字希逋❷,又字齐奘,山东省聊城市临清人。国际著名东方学大师,中国著名文学家、语言学家、教育家、国学家、佛学家、史学家、翻译家和社会活动家。他曾任北京大学副校长,是北京大学的终身教授。

季羡林早年留学国外,通英、德、梵、巴利文,能阅俄、法文,精于吐火罗文。其著作汇编成《季羡林文集》,共24卷。他博古通今,学贯中西,被誉为"学界泰斗❸"。

季羡林进入古稀之年后,尽管行政事务和社会活动缠身,他依然抓紧一切可以利用的时间潜心研究,勤奋写作。在八十多岁高龄的时候,他完成了平生最重要的两部学术专著《糖史》和《吐火罗文译释》。

季羡林从2003年开始与病魔做斗争,后来即使住院期间,他仍然笔耕不辍。2007年,季老结集出版了20多万字的《病榻杂记》。在书中,他写道:"几十年形成的习惯,走到哪里也改不掉。我每天照例四点多起床,起来立即坐下来写东西。……无论是吃饭、散步、接受治疗、招待客人,甚至在梦中,我考虑的总是文章结构、遣词❹、造句与写作有关

---

❶圆寂:佛教用语,称僧尼死亡。
❷逋(bū):逃亡;拖欠,拖延。
❸泰斗:泰山北斗。
❹遣词:(说话、写文章)运用词语。

的问题。"

  2008年,季老出版了新书《季羡林自传》。在书中他写道,我的工作还没有完成,我不能封笔❶。2009年7月11日,季羡林在北京病逝,享年98岁。

---

  ❶封笔:指作家、画家、书法家等不再从事创作活动。

# 八、自强篇

自强,是困难压不倒、厄运❶不低头的坚强信念,是勇往直前、百折不挠❷的进取品质。

本篇收录的榜样故事告诉我们:自强的人都有坚定的志向,自强的人更加热爱生命、热爱生活,自强的人更加坚强、更加自信、更加勤奋。

我们每个人都应该自强不息,活出自己的尊严,勇担生活的重任,成就人生的精彩。

---

❶厄运:困苦的遭遇;不幸的命运。
❷百折不挠:无论受多少挫折都不退缩,形容意志坚强。

## 修德四字经

文王被囚,精心研《易》。

孙膑残疾,《兵法》编撰。

勾践尝胆,励精图治[1]。

司马忍辱,《史记》流传。

作家海迪,青年楷模。

博士晶晶,学子典范。

高瘫常玉,育苗致富。

多难李丽,屡败屡战。

无手展中,书画精美。

无臂刘伟,琴声婉转。

杨佩刺绣,穿针引线。

建海修表,脚艺非凡。

失聪丽华,演绎[2]精彩,

智障舟舟,世界巡演。

脑瘫晨飞,书写青春。

盲人冰山,蜚声[3]画坛。

---

[1]励精图治:振作精神,想办法把国家治理好。

[2]演绎(yì):一种推理方法,由一般原理推出关于特殊情况下的结论。

[3]蜚(fēi)声:扬名。

八、自强篇

十六怀保,勇担重任。
十三战辉,养家挣钱。
年幼林香,撑起"大"家。
自强不息,愈挫愈坚。

# 榜样故事

## 文王演易

周文王姬昌,是商末周族的领袖。他广施仁德,礼贤下士[1],发展生产,深得人民的拥戴,由此引起了商纣王的猜忌和不满。昏庸残暴的纣王听信崇侯虎的谗言,将姬昌囚禁于当时的国家监狱——羑里[2](今河南省安阳市汤阴县境内)。

姬昌被囚后,纣王以种种野蛮手段对其进行侮辱和折磨,甚至将其长子杀害后做成肉羹逼他吞食。姬昌一共被囚禁了7年,正是在这几年里,他在总结夏商两代八卦的精华的基础上,将伏羲[3]八卦演绎成了64卦、384爻,每卦有卦辞,每爻有爻辞,完成了《周易》这部千古不朽的著作。《周易》以占筮[4]的形式推测自然和社会的变化,被誉为"群经之首"。

## 孙膑兵法

孙膑(?—公元前316),本名孙伯灵,孙武的后代,今山东省鄄城[5]县人。中国战国时期著名军事家。因被处以膑刑,故称孙膑。

孙膑少时孤苦,年长后曾与庞涓为同窗,共同师从鬼谷子学习兵法,深谙《孙子兵法》。后来庞涓做了魏惠王的将军,因嫉贤妒能,害怕孙膑取代他的位置,就骗孙膑到了魏国,然后使用奸计,使孙膑被处以膑刑。

孙膑虽蒙冤受刑,但没有自暴自弃。他装疯骗过庞涓,被齐国使者偷偷救回齐国,被齐威王任为军师。后来,孙膑辅佐齐国大将田忌两次击败庞涓,取得了桂陵之战和马陵之战的胜利,杀了庞涓,也奠定了齐国

---

[1] 礼贤下士:封建时代指帝王或大臣敬重有才德的人,降低自己的身份与他们结交。现多指社会地位高的人重视和延揽人才。

[2] 羑(yǒu)里:古地名。

[3] 伏羲(xī):我国古代传说中的人物。传说他教民结网,从事渔猎畜牧。也叫庖牺。

[4] 占(zhān)筮(shì):古代用蓍(shī)草卜问祸福。后也泛指占卜活动。

[5] 鄄(juàn)城:地名。

的霸业。

后来,孙膑隐居山中,总结、研究早年所学兵法知识和自己的作战经验,撰成了《孙膑兵法》(亦称《齐孙子》)一书留世。

## 卧薪尝胆

勾践(约公元前520—公元前465),春秋时期人,公元前497年勾践继承父位成为越王。

前494年,吴王夫差凭着自己国力强大,领兵攻打越国,越国战败,越王勾践被抓到吴国。吴王为了羞辱越王,就让他做了自己的马夫和奴仆。勾践忍辱负重,极力装出忠心顺从的样子。吴王出门时,他走在前面牵着马;吴王生病时,他在床前尽力照顾。勾践伺候吴王三年后,夫差才对他消除了戒心,赦免了他,放他回了越国。

越王回国后,决心洗刷自己在吴国当囚徒的耻辱。他每天睡在柴草上,还在座位上方吊了一颗苦胆,吃饭和睡觉前都要品尝一下,为的就是要告诫自己不要忘记复仇雪恨。他任用范蠡、文种等一批能臣谋士,励精图治,发展经济,国力大增。经过二十年的充分准备,终于一举吞并吴国,吴王夫差战败后羞愧自杀。越国又趁胜进军中原,成为春秋末期的一大强国。

后来,"卧薪尝胆"就演变成了一个成语,用来形容人刻苦自励,发愤图强。

## 司马忍辱

司马迁(公元前145年公元或前135—公元前86年),字子长,今陕西省韩城南人,一说今山西省河津人,我国著名的史学家和文学家。

司马迁的祖上好几辈都担任史官,父亲司马谈也是汉朝的太史令。司马迁从二十岁开始,游历祖国各地,了解各地风俗,采集民间传闻。后来,司马迁当了汉武帝的侍从官,又跟随汉武帝巡行各地,增长了很多见识。

八、自强篇

司马谈死后，司马迁做了太史令，同时继承父亲的遗志，准备撰写一部通史。他认真研读汉朝宫廷所藏的一切图书、档案，整理各种史料。汉武帝太初元年（前104年），司马迁开始潜心修史，致力于《史记》的写作。

公元前99年（天汉二年），李陵出击匈奴，兵败投降。司马迁为李陵直言进谏，触怒了汉武帝，获罪被捕，被判死刑。为了完成父亲遗愿，完成通史留给后人，他毅然接受了腐刑以赎身死，身体和心灵遭受了巨大的折磨，并在狱中继续史书的写作。

公元前96年（太始元年），汉武帝大赦天下，司马迁出狱后当了中书令，他还是专心致志地写书。直到公元前91年，历经十四年，终于完成了全书的撰写和修改工作。《史记》（原名《太史公书》），共130篇，52万余字，记载了从上古传说中的黄帝时期，到汉武帝时代，长达3000多年的历史，被公认为是中国史书的典范。

## 海迪志坚

张海迪，女，1955年出生，山东省威海市文登区人。中国著名残疾人作家，哲学硕士，英国约克大学荣誉博士。

张海迪五岁时因患脊髓血管瘤导致胸以下全部瘫痪，从此开始了独特的人生。15岁时，张海迪跟随父母到山东莘县❶，给孩子当起了老师。她还自学针灸医术，为乡亲们无偿治疗。后来，张海迪还当过无线电修理工。她虽然没有机会走进校园，却发奋学习，学完了小学、中学的全部课程，自学了大学英语、日语、德语及世界语，并攻读了大学和硕士研究生的课程。1981年在莘县广播局参加工作。1983年张海迪开始从事文学创作，先后翻译了数十万字的英语小说，编著了《生命的追问》《轮椅上的梦》等书籍。2002年她创作的长篇小说《绝顶》，荣获了中宣部"五个一"工程图书奖等多个奖项。从1983年开始，张海迪创作和翻译的作品超过了100万字。

---

❶莘（shēn）县：地名。

张海迪说:"即使翅膀断了,心也要飞翔。""我像颗流星,要把光留给人间。"

2001年,张海迪被评为"环球二十位最具影响力的世纪女性"。2008年和2013年张海迪连续当选中国残联第五届、第六届主席团主席。

## 轮椅晶晶

侯晶晶,1975年出生,安徽省当涂县人。南京师范大学教育科学学院教师,是中国第一位"坐在轮椅上的女博士"。

1986年的一天,11岁的侯晶晶被确诊为"脊髓血管畸形",从此再也站不起来了。从1988年开始,在家庭的支持下,侯晶晶开始了自学之路。1989年,她逐词逐句地学完了高中英语全部课程,到1993年她又修完了中学其他各科课程。1997年4月,22岁的侯晶晶通过了英语本科17门课程的自学考试,而且每门功课都在80分以上。

但侯晶晶并没有满足,她还有更高的目标——考研究生。起初一些学校婉拒了她,父母失望了,而她却不甘心。同年5月,侯晶晶摇着轮椅来到南京师范大学研究生部,学校老师们被她顽强的意志和诚挚的态度打动了,欣然同意她报考。结果,在报考该校外国语学院的140名考生中,侯晶晶摘得桂冠❶,被破格录取。

2001年6月,她以优异的成绩获得硕士学位,同年又被南京师大教科院录取为教育学原理专业博士研究生。2004年5月,她顺利通过博士论文答辩,获得博士学位。

从2004年9月开始,侯晶晶留校任教,从事研究生教学和科研工作。

## 苗木常玉

李常玉,1954年生,山东省诸城市孟疃❷镇赵家荣子村人。1978年,

---

❶桂冠:月桂树叶编的帽子,古代希腊人授予杰出的诗人或竞技的优胜者。后来欧洲习俗以桂冠为光荣的称号。现在也用来指竞赛中的冠军。

❷疃(tuǎn):村庄(多用于地名)。

他被分配到原诸城市桃林公社林业站当技术员。后经逐步提拔,1989年他被任命为诸城市园林局局长。

1992年6月18日,李常玉拆迁房屋时,不慎从房顶上摔了下来,造成了高位截瘫,在床上一躺就是6年。直到后来,李常玉还是连吃饭、大小便等日常生活都不能自理,颈椎靠两根10厘米长的钢板固定,走路只能依靠拐杖支撑慢慢挪动,而且还必须是平路,上下坡则靠人背。

即使这样,从1993年开始,李常玉就又成了个大忙人,整天被人抬进抬出,看苗圃、讲技术、出路子。1995年,李常玉成立了自己的苗圃基地,雇了几名工人,亲自上阵指挥育苗、出苗。他凭借一部电话、一副担架从一个投资几万元的苗木调拨中心起步,发展到后来拥有园林花卉苗圃场、园林工程公司、行道树木基地、玉华苗木有限责任公司等多个生产经营企业。从1993年至2003年,共发展苗木292608亩、产值7.3亿元。其中,2003年创产值3420万元,实现利润235万元。

几年来,他拖着残疾的身体四处奔忙,不仅把苗木卖到了大连、上海,植入了北京长安街头,栽到了拉萨的布达拉宫广场上,还以苗木产业致富了一方百姓,使小苗木长成了当地群众的"发财树"。

2003年9月,李常玉被授予"全国自强模范"荣誉称号。

## 强者李丽

李丽,1962年生,湖南省衡阳市人。湖南李丽心灵教育中心创办人,心灵教育专家。

李丽1岁时患上小儿麻痹症,双腿残疾只能与轮椅相伴。8岁的小李丽经过治疗第一次站了起来,挪动了人生第一步。

1982年,李丽成为一家汽车改装厂技术科的描图员。1991年初,李丽下岗了。无奈之下,她干过打字文印,卖过水饺,摆过烟摊,做过毛衣编织。

1993年,李丽与丈夫借钱经营起一家石化燃料经营部。1999年,夫妻俩投入300万元,兴建了一个集加油、住宿、餐饮、商场、停车为一体的大型加油站。1999年下半年开始,国家对燃料市场进行宏观调控,油站效益一路滑坡。2000年,夫妇俩7年的心血付之东流。

2001年9月,李丽与深圳一家园林公司合作,成立衡阳市高夫绿园林园艺有限公司,成了当地小有名气的女企业家。不料,2002年5月,李丽出差途中不幸遭遇车祸。虽然活了过来,但车祸剥夺了李丽原本还能拄着拐杖走几步路的权利。

2003年4月,李丽坐着轮椅去衡阳市雁南监狱洽谈业务,她自强不息的精神深深打动了监狱领导,邀请她为服刑人员讲课。当李丽讲完自己的人生故事,服刑人员纷纷给李丽写信。在了解到写信的服刑人员70%是未成年人并且大多是由于家庭教育不当而走上邪路时,李丽决定投身到家庭教育事业中来,帮助家长正确教育孩子。

2005年,李丽到北京师范大学求学进修。一年后,她创办了"李丽家庭教育工作室",开展青少年心理教育工作。2010年9月,她在湖南长沙成立了"湖南李丽心灵教育中心",通过家庭教育讲座、一对一心理健康疏导、丽爱天空网、丽爱热线和丽爱信箱等活动形式,积极普及科学的家庭教育理念,促进青少年心理健康,使得60余万人受益,被誉为"心灵天使"。

李丽被评为2007年度"感动中国"十大人物。

## 无臂展中

汤展中,字可行,1981年出生,广西蒙山县人,当代著名的口足书画家。

汤展中出生在一个普通的农民家庭。他先天性残疾,双臂只有十多厘米长,并且软弱无力,上面连着两只各长了3根手指的小手掌。他凭着自己坚强的毅力和不懈努力,学会了以脚代手生活,并从4岁开始练习用口和脚写字绘画。

1993年他荣获首届"中国十佳残疾少年成才奖";1996年获联合国教科文组织颁发的书画作品优秀奖;1997年写出《双脚与人生》一书,引起全国的关注。1999年,他如愿考上了广西艺术学院美术系,4年后,又顺利考上了该校国画专业的研究生。2007年研究生毕业后,到英国爱丁堡艺术学院交流学习两年。2009年回国后,他在三峡画院举办了个人书画展,并出版了《汤展中书画集》,后担任中国奇人奇才艺术馆馆长一职。

他先后荣获三十余次全国书画参赛奖项,中央电视台、北京电视台、凤凰卫视等多家媒体对他做了专题报道,他的作品及事迹被国内外二百多家书报刊发表报道。

## 达人刘伟

刘伟,1987年生于北京。当一名职业足球运动员是刘伟的青葱梦想,但10岁那年的一次触电事故,不仅让他失去了双臂,更剥夺了他在绿茵场奔跑的权利。12岁那年,他进入北京残疾人游泳队,两年后在全国残疾人游泳锦标赛上夺得两金一银。

谁知厄运又来纠缠,他患上了过敏性紫癜[1]。无奈之下,刘伟与游泳说再见,走进了音乐的世界。19岁的刘伟开始学习钢琴。

练琴的艰辛超乎了常人的想象。由于大脚趾比琴键宽,按下去会有连音,并且脚趾无法像手指那样张开弹琴。每天七八个小时,练得腰酸背疼,双脚抽筋,脚趾磨出了血泡。三年后,刘伟的钢琴水平达到了专业七级。

"我的人生中只有两条路,要么赶紧死,要么精彩地活着。"2010年,在《中国达人秀》的舞台上,刘伟演奏了一首《梦中的婚礼》。曲终,全场掌声雷动,成了当之无愧的"总冠军"。2011年,刘伟又登上了维也纳金色大厅。

2011年,刘伟的自传《活着已值得庆祝》正式出版。2012年,刘伟被评为感动中国十大人物。

## 杨佩刺绣

杨佩,女,1990年出生,陕西省平利县人。

---

[1] 癜(diàn):皮肤上长紫斑或白斑的病。

## 榜样故事
BANGYANG GUSHI

9岁那年，因为意外的高压触电，杨佩失去了双臂。之后，她经历了常人无法想象的艰辛，慢慢学会了以脚代手，独立生活。

多年来，杨佩一直过着四处漂泊、居无定所的生活。她的足迹曾留在了很多城市，她卖过报纸，摆过地摊，开过服装店，也曾赔得血本无归。

2010年时，有人告诉她，绣十字绣能赚钱，她也有了尝试的想法，但一般的师傅看到她没有双臂，只是无奈地摇头。终于，杨佩的坚持感动了一位阿姨，她决定教杨佩做绣活。第一次用脚穿针引线，杨佩足足花了两三个小时。第一幅"五福临门"图案的十字绣，她绣了足足一个多月时间，当她以600元的价钱出售时，激动地哭了。

从此以后，杨佩就在上海的七浦路摆地摊，卖自己的十字绣作品。再后来，她被综艺节目的"星探"发现，并通过《中国梦想秀》这个电视节目被无数中国观众熟悉。她只希望能在上海安定下来，开自己的十字绣店，与一群和她一样没有手臂的人一起穿针引线。

## 建海修表

王建海，1978年出生，河北省张家口市下花园区花园乡苏家房村人。5岁时因意外触电，失去了双臂。17岁时开始拜师学艺，用双脚修表。1998年，王建海在老家摆了个修表摊，开始自食其力。2000年5月，王建海毅然告别父母，怀揣着两年修表攒下的三千元钱，只身来到北京闯荡。

王建海的修表摊，位于北京市朝阳区天宇市场观赏鱼厅西门的一个角落里。只有一张一平方米左右的桌子，上面摆放着一个玻璃柜，里边有各种各样的修表工具。工作时，他只能坐在桌子上，用力弓着身子，双脚夹着手表，用嘴叼着改锥拧松手表里一颗颗芝麻粒大小的螺丝，然后用镊子把一个个零件从表盘里拆卸下来……"他的脚真比我们的手还要灵活，真了不起！"看过他工作的人都会这样赞叹。

2006年，在北京市首届残疾人职业技能和人才培养成果展上，他获得了个人技能比赛第一名。

八、自强篇

## 失聪丽华

邰❶丽华，土家族，1976年出生，湖北宜昌人。当代聋哑人舞蹈家，中国残疾人艺术团团长、舞蹈演员、艺术总监，中国特殊艺术协会副主席。

邰丽华生于一个普通职员的家庭，两岁时因一场高烧不幸堕入了无声世界。15岁的她只身离开家乡到武汉求学，18岁考入湖北美术学院，毕业后曾任武汉第一聋哑学校教师。

7岁时，律动课上老师踏响木地板的震动，启蒙了她对音乐的痴迷，而舞蹈也从此成为她生命的亮色。每天不论学习多紧张，她都挤出时间练习舞蹈，练得身上总是青一块、紫一块。正是这种执著和天赋，让邰丽华在众多的舞者中脱颖而出❷。

1992年，邰丽华被中国残疾人艺术团选中，成为艺术团首位独舞演员。2002年8月正式调入北京，在中国残疾人艺术团里担任演员队队长。2004年成为艺术总监，塑造了特殊艺术经典《我的梦》。她领舞的《千手观音》，在2004年雅典残奥会上震撼世界，在2005年中央电视台春节联欢晚会上感动了亿万国人。她创编并主演的舞剧《化蝶》轰动联合国教科文组织总部。

邰丽华2003年荣获全国自强模范称号，2005年荣获中央电视台"感动中国人物"称号，2009年被评为"100位新中国成立以来感动中国人物"。

## 励志舟舟

胡一舟，人们亲切地称他为"舟舟"，1978年出生，武汉人。舟舟先天智障，智商不足40，但他是中国残疾人艺术团的终身指挥，用神奇的音乐天赋深深感动了世界。

舟舟的爸爸是个大提琴手。小时候，舟舟每天都穿梭于武汉歌舞剧院的各个排练厅，他一会儿模仿阿姨走舞步，一会儿又跑到化妆间对着

---

❶邰（tái）：姓。

❷脱颖（yǐng）而出：比喻人的才能全部显示出来。

镜子给自己画脸谱❶。但对他最有吸引力的还是乐队指挥手中的"魔棒"。舟舟常常在台下拿着一根竹筷和乐队指挥"分庭抗礼❷",洋洋自得地"指挥"着台上的交响乐队。渐渐地,舟舟的音乐天赋和自信心就在这宽厚的人文环境和艺术氛围中被激发出来。

1997年,湖北电视台编导张以庆通过10个月的跟踪采访拍摄,制作了电视记录片《舟舟的世界》,让舟舟在武汉三镇尽人皆知。1999年1月22日,在中国残疾人联合会举办的新年音乐会上,舟舟登上了指挥席,圆了他的指挥梦。

从此,他的"才华"被人们认可,中国残疾人艺术团也向舟舟发出了邀请……从1999年到2012年的13年中,他在全国乃至世界巡演两千多场,忙时几乎常年都"在路上"。他的视野广阔了,朋友多了,生活也更加丰富多彩了。

## 不屈晨飞

赵晨飞,沈阳人,1985年生,出生时因缺氧造成重度脑瘫,多年来一直与轮椅为伴,生活不能自理。

晨飞虽然行为和语言能力极度受限,无法像常人一样说话,无法控制自己的四肢,但智力很正常,她非常渴望上学。可学校一听说是坐轮椅的脑瘫患者,都不愿接收。一直到18岁,赵晨飞才进入一所特殊教育学校正式上学。

晨飞的学习主要靠眼睛看,耳朵听,脑子记,看书却非常困难,因为她只能用下巴翻书,每翻一页书,都要用上全身的力气。

不能用笔,对于晨飞来说是一个很大的难题。2003年,一位好心人给她买了一台电脑,让她写字的梦想成为现实。她先学会用下颌控制鼠标,又学会了用鼻子敲打键盘。经过刻苦练习,晨飞学会了电脑打字,这

---

❶脸谱(pǔ):戏曲中某些角色(多为净角)脸上画的各种图案,用来表现人物的性格和特征。

❷分庭抗礼:原指宾主相见,站在庭院的两位,相对行礼。现在用来指双方平起平坐,实力相当,可以抗衡。

其中的艰辛只有她自己知道。

赵晨飞凭着自己对文学的热爱和知识的渴求努力求学，努力创作，在她23岁的时候，出版了第一部20多万字的随笔《不屈的天使》。六年后，她又出版了第二本书《鼻尖下的人生》。她努力让自己的文学之路走得更远。

## 盲画冰山

沈冰山，1934年出生，福建省漳州市诏安县南诏镇人，中国著名盲人书画家。

家乡和家庭环境的文化熏陶❶，使沈冰山自幼就喜爱琴棋书画，特别是中国画。1947年，父亲去世了，沈冰山离开了学堂，开始做店员，当学徒。1954年，沈冰山开办了一家小印染店，后又与人合办了一家广告美术社。1960年，26岁的沈冰山因患眼病，眼科手术失败，双目失明。

1983年，沈冰山开始学习画画。经过艰苦的磨练，成千上万次的心画，废纸三千的练习，他终于独创了"沈氏盲人绘画技法"，开创了中外美术史上盲人作画的先河。

他的书画具有"八大山人"的艺术风格又独创新风，受到了海内外美术界、学术界专家、评论家们的高度赞扬。1994年，他在北京中国美术馆举行"盲人沈冰山书画展"，出版了《盲人沈冰山书画集》。2006年，沈冰山应邀到台北举办书画展，一时轰动两岸。2011年，年事已高、疾病缠身的沈冰山老人又出版了第二本书画册《乐在云间》。

## 怀保当家

杨怀保，1983年出生，陕西省汉中市勉县定军山镇寨子坡村人，中国孝基金理事长（创始人）。

16岁时，母亲身患重病丧失了劳动能力，家里也债台高筑。父亲不

---

❶熏(xūn)陶：长期接触的人或事物对人的生活习惯、思想行为、品行学问等逐渐产生某种影响（多指好的）。

得不出外干苦力活,杨怀保从此开始了"小当家"生活。

19岁时,在建筑工地上打工的父亲,被钢筋砸伤膝盖,也丧失了干重活的能力,杨怀保就成了家里的"顶梁柱"。

2003年9月,杨怀保考入湘潭大学。2004年春节,杨怀保回到老家,望着憔悴[1]的父母和消瘦的弟弟,决定把家人都接到湘潭,带着家人上大学。2004年4月,杨怀保把父亲接到湘潭,8月又把母亲和弟弟接到了湘潭。

为挣钱养家,杨怀保在学习之余四处寻找打工机会,拣废品、做家教、卖杂志、搞推销,无所不做。他利用自己兼职挣来的钱给父母治病,给弟弟交学费,最辛苦的时候,他同时做了7份兼职。

2006年9月,刚上大四的杨怀保接到了TCL总部的邀请函,但为了留在父母和弟弟身边好好地照顾他们,杨怀保决定报考本校的硕士研究生。

2008年,正在攻读硕士研究生的杨怀保成立了"孝基金",得到了社会各界人士的高度评价和大力支持。研究生毕业后,杨怀保便将全部精力奉献到了社会公益事业中。

杨怀保2007年当选为首届"全国道德模范",2009年被评为"100位新中国成立以来感动中国人物"之一。

## 战辉养家

洪战辉,1982年出生,河南省西华县人。2011年中南大学研究生毕业后留校任教。

1994年,洪战辉的父亲突发间歇性精神病,造成妻子受伤骨折,女儿意外死亡,家里欠下巨债。随后,父亲又捡来了一个和女儿年龄相仿的女婴。面对沉重的家庭负担,母亲离家出走了。年仅13岁的洪战辉,默默地挑起了伺候患病父亲、照顾年幼弟弟、抚养捡来妹妹的家庭重担。

为了挣钱养家,他利用课余时间卖笔、书、磁带、鞋袜,在学校附近的

---

[1] 憔(qiáo)悴(cuì):形容人瘦弱,面色不好看。

餐馆做杂工,周末再赶回家照料家人和8亩麦地。

为了带好捡来的妹妹,洪战辉更是费尽了心血。从上高中开始,洪战辉就把年幼的妹妹带在身边,在学校附近租房,边上学边照顾妹妹。2004年6月,在湖南怀化学院上大学的洪战辉又把妹妹带到怀化,安排妹妹上了小学,每天不管学习多忙,都坚持接送妹妹,辅导妹妹功课。

2006年,父亲的病情有了明显好转,出走的母亲、打工的弟弟也相继回家,一家人终于重新团聚。

当社会各界知道洪战辉的情况后,不少人想提供财力、物力的帮助,但都被他谢绝了:"不接受捐款,是因为我觉得一个人自立、自强才是最重要的。"

洪战辉被评为"2005年度感动中国十大人物"。北京出版社将他的经历结集出版了《当苦难成为人生的必修课》一书。

## 坚强林香

吴林香,1999年出生,重庆市忠县马灌镇初级中学学生。

9岁时,吴林香的父母离异,她跟着妈妈和外公外婆生活在一起。后来,妈妈再婚,又给她添了一个可爱的弟弟。2012年,外婆突发脑溢血,从此瘫痪在床,不久,妈妈查出患了肺癌,加之外公早年摔倒右手一直残疾,这个家庭顿时陷入困顿,欠下了20多万元的外债。

妈妈病后,继父想外出打工挣点医药费,可他又放不下家里的病人和孩子。13岁的吴林香看出了继父的顾虑,主动对继父说:"你就安心出去打工,家里全交给我,你放心。"就这样,继父走了,一个月只能回来看一两次。

从此,吴林香每天早上5点钟就要起床生火做饭,然后帮助外公、外婆、母亲和弟弟逐一穿好衣服,再给他们端饭喂饭。忙完这一切,她才草草吃完早饭,带着弟弟急忙往学校赶。学校离家有十多公里山路,来回要走近4个小时,每逢下雨天,弟弟上学放学就全靠她背。

下午放学回家已是6点多,吴林香回家第一件事就是查看外婆和母

## 榜样故事
BANGYANG GUSHI

亲的病情,然后开始做晚饭、熬药、替她们擦洗身子和洗衣服。直到晚上10点后,她才有时间做作业。每天深夜,她还要起床好几次去看外公、外婆、妈妈和弟弟是否安好。到了周末,吴林香就得下地打理庄稼,并割好一周的猪草。所有的苦和累,吴林香强忍着,她不想影响妈妈的病。

吴林香2013年被评为第四届全国道德模范。

# 九、爱国篇

  中华民族有着五千年的灿烂文化,这是我们每个华夏子孙的自豪与骄傲。

  心怀天下、忧国忧民是爱国,坚守气节、保家卫国是爱国,立足本职、为国争光、富民强国也是爱国。

  我们是祖国的未来,祖国的命运将掌握在我们手中。我们一定要好好学习,多学本领,将来为振兴中华多做贡献。

## 修德四字经

屈原悲国，明志沉江。
杜甫忧民，广厦草堂。
陆游临终，不忘统一。
炎武心系[1]，天下兴亡。

苏武持节，贝湖牧羊。
天祥不屈，丹心留芳。
鸿昌挂牌，何惜此头。
明翰就义，千古绝唱。

英勇岳飞，精忠报国。
威武继光，抗倭[2]名扬。
世昌拼死，壮烈殉国[3]。
靖宇血战，棉絮代粮。

气象可桢[4]，一代宗师。
航天学森，民族脊梁。
国际大师，罗庚盛誉。
当代毕升，王选敢当。

[1] 系（xì）：牵挂。
[2] 倭（wō）：我国古代称日本。
[3] 殉（xùn）国：为国家的利益而牺牲生命。
[4] 桢（zhēn）：古代打土墙时所立的木柱，泛指支柱。

九、爱国篇

飞人刘翔,奥运争光。
作家莫言,喜获诺奖。
英雄利伟,首次飞天,
振兴中华,实现梦想。

榜样故事

# 九、爱国篇

## 屈原沉江

屈原(约公元前34—公元前278),名平,字原,出生于楚国秭归三闾[1]乡乐平里(今湖北省宜昌市秭归县),是我国古代伟大的爱国诗人。

屈原自幼勤奋好学,胸怀大志。早年受楚怀王信任,任左徒、三闾大夫,常与怀王商议国事,参与法律的制定。他坚持严明法度,举贤任能,改革政治,联齐抗秦。在屈原的努力下,楚国国力有所增强。公元前305年,屈原因反对楚怀王与秦国订立黄棘[2]之盟,被楚怀王逐出郢[3]都,开始了流放[4]生涯。结果,楚怀王在其幼子子兰等人的极力怂恿[5]下被秦国诱去,囚死于秦国。楚襄王即位后,屈原继续受到迫害,并被放逐到江南。公元前278年,秦国大将白起带兵南下,攻破了楚国国都。屈原见救国无望,决定以死明志,就在同年五月五日怀抱大石投汨罗江[6]而死。

我国人民为纪念屈原,每年农历五月初五都要过端午节。

## 杜甫草堂

杜甫(公元712—770),巩县(今河南省巩义市)人。字子美,自号称少陵野老,世称杜少陵、杜工部等。是我国唐代伟大的现实主义诗人、世界文化名人,被后人尊称为"诗圣"。杜甫共有约1500首诗歌被保留了下来,大多集于《杜工部集》。

杜甫的诗具有丰富的社会内容,真实深刻地反映了安史之乱前后一个历史时代的政治时事和广阔的社会生活画面,因而被称为一代"诗史"。杜甫所写的很多诗都充满了对国家的忧虑及对老百姓的困难生活

---

[1] 闾(lú):里巷;邻里。古代二十五家为一闾。
[2] 棘(jí):泛指有刺的草木。
[3] 郢(yǐng):周朝时楚国的都城。
[4] 流放:把犯人放逐到边远地方。
[5] 怂(sǒng)恿(yǒng):古董别人去做(某事)。
[6] 汨(mì)罗江:水名。

的同情。

杜甫曾在成都寓居不到四年,但在成都的"杜甫草堂"里,他留下了《茅屋为秋风所破歌》等千古名篇。他在《茅屋为秋风所破歌》中写道:"安得广厦千万间,大庇❶天下寒士俱欢颜,风雨不动安如山。呜呼!何时眼前突兀❷见❸此屋,吾庐独破受冻死亦足!"意思是,怎么才能得到千万间高楼大厦,让普天下贫寒的人们都得到庇护,个个欢乐开怀;无论风雨如何吹打,房屋都安稳如山!唉,什么时候,我眼前能突然出现这样的房屋?到那时,即便惟独我的房子破漏,让我受冻甚至冻死,我也心甘情愿!充分表达了诗人推己及人、舍己为人的高尚品格,以及忧国忧民的博大胸怀和崇高理想。

## 陆游忧国

南宋爱国诗人陆游出生于北宋末年,由于童年时期经历过金兵入侵所导致的逃难生活,陆游从小就树立了忧国忧民的思想和杀敌报国的壮志。

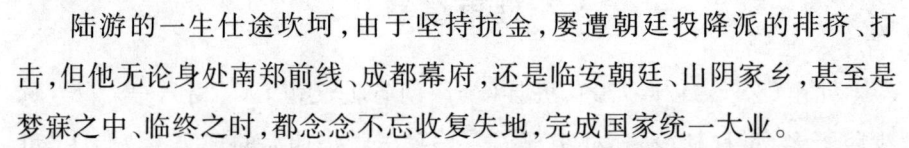

陆游的一生仕途坎坷,由于坚持抗金,屡遭朝廷投降派的排挤、打击,但他无论身处南郑前线、成都幕府,还是临安朝廷、山阴家乡,甚至是梦寐之中、临终之时,都念念不忘收复失地,完成国家统一大业。

六十八岁的陆游,尽管年老体衰,闲居山阴老家,却仍然盼望着为国出力。他在《十一月四日风雨大作》中写道:"僵卧荒村不自哀,尚思为国戍❹轮台。夜阑卧听风吹雨,铁马冰河入梦来。"

嘉定二年(1210年),八十五岁的陆游,在弥留❺之际写下了他的绝笔诗《示儿》:"死去元知万事空,但悲不见九州同。王师北定中原日,家祭无忘告乃翁。"

---

❶庇(bì):遮蔽;掩护。
❷突兀(wù):突然,出乎意外。
❸见(xiàn):同"现"。
❹戍(shù):(军队)防守。
❺弥(mí)留:病重将要死亡。

## 心系兴亡

顾炎武(公元1613—1682),字宁人,学者尊为亭林先生。明朝南直隶苏州府昆山(今江苏省昆山市)人,著名思想家、史地学家、音韵学家。

顾炎武青年时代就发愤经世致用,并参加昆山抗清义军,失败后漫游南北。顾炎武学识渊博,在经学、史学、音韵、金石考古、方志地理以及诗文诸学上,都有较深造诣,给清代学者以极为有益的影响,被称作是清朝"开国儒师"、清学开山"始祖",与黄宗羲、王夫之并称为明末清初三大儒。

顾炎武所提出的"天下兴亡,匹夫有责"这一口号,意义和影响极为深远,成为激励中华民族奋进的精神力量。

## 苏武牧羊

苏武(公元前140—公元前60),字子卿,杜陵(今陕西省西安市东南)人,西汉大臣。

公元前100年,汉武帝派遣当时任中郎将的苏武出使匈奴。不料,就在苏武完成了任务准备返回时,匈奴上层发生了内乱,苏武一行被扣留下来。

最初,匈奴单于许以丰厚的俸禄和高官让他归顺自己,被苏武严词拒绝。单于见劝说没有用,就命人把苏武关进一个露天的大地穴,断绝提供食品和水,希望这样可以改变苏武的信念。当时正值严冬,天上下着鹅毛大雪,苏武在地窖里受尽了折磨。渴了,他就吃一把雪,饿了,就嚼身上穿的羊皮袄。过了好些天,单于见濒临死亡的苏武仍然没有屈服的表示,只好把苏武放了出来。单于召见苏武说:"既然你不投降,那就去贝加尔湖放羊,什么时候这些羊生了羊羔,我就让你回到中原去。"而他给苏武的羊全是公羊。

就这样,苏武被流放到了人迹罕至的贝加尔湖边。苏武牧羊长达19年之久,直到公元前81年,苏武才被汉昭帝的使臣接回到长安。

# 榜样故事
BANGYANG GUSHI

## 天祥丹心

文天祥(公元1236—1283),字履善,又字宋瑞,自号文山,江西吉州庐陵(今江西省吉安市青原区富田镇)人,宋末爱国诗人,民族英雄。官至右丞相,封信国公。

文天祥是南宋末年功绩卓著的"宋末三杰"之一。文天祥于祥光元年(1278年)在五坡岭(今广东海丰北)兵败被俘,在狱中坚持斗争三年多。开始,他绝食自杀失败,从此便坦然自处,等待着死刑的来临。元世祖多次以高官厚禄劝诱他,以妻子女儿的性命威逼他,用各种酷刑折磨他,他都宁死不屈。他写道"人生自古谁无死,留取丹心[1]照汗青[2]"(《过零丁洋》)。

至元十九年(1282年)十二月初九,是文天祥就义的日子。从监狱到刑场,文天祥神态自若,举止安详。行刑前,文天祥问明了方向,向着南方拜了几拜,从容就义,终年47岁。

## 鸿昌挂牌

吉鸿昌(公元1895—1934),字世五,原名吉恒立,河南省扶沟县吕潭镇人,抗日英雄,爱国将领。

1913年秋天,不满18岁的吉鸿昌弃学从戎,投入冯玉祥部当兵。因骁勇[3]善战,屡立战功,从士兵递升至军长。

1930年9月,吉鸿昌所部被蒋介石改编后,任第22路军总指挥兼第30师师长。吉鸿昌到上海与中共党组织取得了联系。蒋介石发现吉鸿昌有"谋反"之意,便解除了他的军职,逼迫他出国"考察"。

1931年,在美国,吉鸿昌为抗议帝国主义者对中国人的歧视,维护民族尊严,他找来一块木牌,用英文在上面写上:"I am a Chinese!"(我是一个中国人!)并将其挂在胸前,走在大街上,让每个人都能看到。

---

[1] 丹心:赤诚的心。
[2] 汗青:指史册。
[3] 骁(xiāo)勇:勇猛。

1932年，吉鸿昌回国，加入了中国共产党。

1933年5月，吉鸿昌同冯玉祥、方振武等抗日将领依靠苏联的武器支援，集合东北义勇军在张家口宣布成立"察哈尔民众抗日同盟军"，吉鸿昌任前敌总指挥兼第2军军长，开展抗日武装斗争。吉鸿昌苦战至10月，因弹尽粮绝而失败。

1934年5月，吉鸿昌回到天津，组织成立了"中国人民反法西斯大同盟"，他被推为主任委员，秘密印刷《民族战旗》报，宣传抗日，联络各方，准备重新组织抗日武装。11月9日晚，吉鸿昌在法租界秘密开会时遭军统特务暗杀受伤，被法国工部局逮捕，后被引渡到国民党"北平军分会"。

1934年11月24日，年仅39岁的吉鸿昌披上斗篷，从容不迫地走向刑场。他用树枝作笔，以大地为纸，写下了浩然正气的就义诗："恨不抗日死，留作今日羞。国破尚如此，我何惜此头！"

## 明翰绝唱

夏明翰（公元1900—1928），字桂根，湖南省衡阳县人，无产阶级革命家，革命烈士。

夏明翰出生在湖北秭归❶，12岁随全家回乡。1917年，出身豪绅家庭的夏明翰违背祖父心愿报考了新式学校，并于1919年在衡阳参加了学生爱国运动。1924年后坚定地成了反抗土豪劣绅的先锋，成为湖南农民运动的发动组织者之一。1927年中共八七会议后，在湖南积极参加组织了秋收起义。1928年初，调任中共湖北省委常委，后在汉口被敌人逮捕。

1928年3月20日，夏明翰英勇就义，时年28岁。当刽子手问他还有什么话要讲时，他用带着铁铐的手，挥毫写下了"砍头不要紧，只要主义真。杀了夏明翰，还有后来人！"这首流传千古的就义诗。几十年来，夏明翰和他的就义诗，激励和鼓舞着一代又一代中国共产党人为了理想信念，为了民族独立和人民解放、国家富强和人民富裕，不惧牺牲，英勇奋斗。

---

❶秭（zǐ）归：地名。

榜样故事

BANGYANG GUSHI

## 岳飞精忠

岳飞(公元1103—1142),字鹏举,北宋相州汤阴县永和乡孝悌里(今河南省安阳市汤阴县菜园镇程岗村)人。中国南宋时期著名战略家、军事家、民族英雄、抗金名将。

岳飞少年时就勤奋好学,文武双全。19岁时投军抗辽,不久因父丧,退伍还乡守孝。1126年金兵大举入侵中原,岳飞再次投军,开始了他抗击金军、保家卫国的戎马❶生涯。传说岳飞临走时,其母姚氏在他背上刺了"精忠报国"四个大字,这成为岳飞终生遵奉的信条。

岳飞在军事方面具有卓越的才能,是宋、辽、金、西夏时期最为杰出的军事统帅。十余年间,他率领岳家军同金军进行了大小数百次战斗,所向披靡❷。1140年,他挥师北伐,先后于郾城、颍昌大败金军,进军朱仙镇。宋高宗、秦桧却一意求和,以十二道金牌下令退兵,岳飞在孤立无援之下被迫班师。后来遭受秦桧等人的诬陷,被捕入狱。1142年1月,岳飞被朝廷以"莫须有"❸的"谋反"罪名杀害。

## 继光抗倭

戚继光(公元1528—1588),字元敬,号南塘,晚号孟诸,安徽定远人,出生于鲁桥镇(今山东省济宁市东南),明朝杰出的军事家、民族英雄。

戚继光出身将门,自幼喜读兵书,勤奋习武,立志报国。17岁袭父职任登州卫指挥佥❹事,22岁中武举。

1553年,戚继光担任署都指挥佥事,率领山东登州、文登、即墨三营24个卫所的兵马,抗击入侵山东沿海的倭寇。他赋诗言志:"封侯非我意,但愿海波平"。

1555年,戚继光被调往浙江,后担任参将一职,防守宁波、绍兴、台州

---

❶戎马:军马,借指军旅、军务。

❷所向披靡(mí):比喻力量所到之处,一切障碍全被扫除。

❸莫须有:意思是"也许有"。后用来表示凭空捏造。

❹佥(qiān):全;都。

三郡。戚继光赴任后,发现卫所的将士作战能力一般,而金华、义乌的人比较彪悍❶,于是戚继光前往招募了三千人,经过训练组成了一支精锐的部队,后称"戚家军"。

自戚家军成立后,他率军转战浙江、福建、广东沿海诸地,浴血奋战10余年,大小80余战,战无不胜,终于扫平倭寇之患。戚家军因此名闻天下。

"南北驱驰报主情,江花边月笑平生;一年三百六十日,多是横刀马上行。"(《马上作》)这首诗正是他戎马一生的真实写照。

## 世昌殉国

邓世昌(公元1849—1894),原名永昌,字正卿,出生于广东番禺县龙导尾乡(今广东省广州市海珠区)。清末海军杰出爱国将领、民族英雄。

邓世昌是我国最早一批海军军官中的一个,是清朝北洋舰队中"致远"号的舰长。他有强烈的爱国心,常对士兵们说:"人谁无死?但愿我们死得其所❷,死得值!"

1894年,中国和日本之间爆发了甲午战争。9月17日,日本舰队突然袭击中国舰队,黄海大战打响了。战斗中,担任指挥的旗舰被击伤,大旗被击落,邓世昌立即下令在自己的舰上升起旗帜,吸引住敌舰。他指挥的致远号在战斗中最英勇,前后火炮一齐开火,连连击中日舰。日舰包围过来,致远号受了重伤,开始倾斜,炮弹也打光了。邓世昌感到最后时刻到了,对部下说:"我们就是死,也要死出中国海军的威风,报国的时刻到了!"他下令开足马力向日舰吉野号冲过去,要和它同归于尽,这大无畏❸的气概把日本人吓呆了。

这时,一发炮弹不幸击中"致远"舰的鱼雷发射管,使管内鱼雷发生爆炸导致"致远"舰沉没。邓世昌坠身入海,随从抛给他救生圈,他执意不接,与全舰官兵250余人一同壮烈殉国,享年45岁。

邓世昌牺牲后举国震动,光绪帝垂泪撰联:"此日漫挥天下泪,有公

---

❶彪悍(hàn):强壮而勇猛。
❷死得其所:死得有意义、有价值(所:处所,地方)。
❸大无畏:什么都不怕(指对于困难、艰险等)。

足壮海军威"。

## 靖宇血战

杨靖宇（公元1905—1940），原名马尚德，字骥[1]生，河南省确山县人，无产阶级革命家，著名抗日民族英雄。

杨靖宇1927年4月参与领导确山农民暴动，同年加入中国共产党。大革命失败后，组织确山起义。1928年秋到开封、洛阳等地从事秘密革命工作。1929年春赴东北，领导工人运动。

1932年，杨靖宇受党中央委托到东北组织抗日联军，历任抗日联军总指挥、政委等职，率领东北军民与日寇血战于白山黑水之间。1940年2月，杨靖宇以难以想象的毅力，坚持和敌人进行顽强斗争，最后只身与敌人周旋了5昼夜。渴了，抓一把雪吃，饿了，吞一口草根或棉絮，最后弹尽，于23日在吉林濛江三道崴子[2]壮烈牺牲。当时日军十分好奇，想知道他究竟吃的是什么，就将他的胃剖开，这才发现他的胃里尽是枯草、树皮和棉絮，竟无一粒粮食。日军也被他感动了。

杨靖宇将军被评为"100位为新中国成立作出突出贡献的英雄模范"之一。

## 气象可桢

竺可桢（公元1890—1974），又名绍荣，字藕[3]舫[4]，浙江省绍兴县东关镇人（今属浙江省绍兴市上虞区东关街道）。他被公认为中国气象、地理学界的"一代宗师"。

竺可桢1910年公费留美学习，1913年夏转入哈佛大学研究院地理系专攻气象学，1918年在美国获得博士学位。

1920年，竺可桢怀着"科学救国"的理想，回到了祖国，受聘担任南京

---

[1] 骥（jì）：好马。
[2] 崴（wǎi）子：山、水弯曲的地方（多用于地名）。
[3] 藕（ǒu）：莲的地下茎。
[4] 舫（fǎng）：船。

高等师范学校(今南京大学)地学教授,培养了我国第一批气象学和地理学研究及教育人才。

1928年,竺可桢任当时"中央研究院"气象研究所所长。他白手起家,克服了重重困难,领导了中国气象台站网的建设,努力发展我国气象事业。

从1936年4月开始,竺可桢担任浙江大学校长,历时13年。1937年,浙江大学为躲避战事、继续学业,举校西迁。竺可桢带领633名师生四度迁徙,途经六省,行程26000多公里,最终于1940年初抵达贵州遵义,远离炮火和敌机的干扰,史称"文军长征",使得当时的浙大成为了一所世界名校。

新中国成立后,竺可桢被任命了中国科学院副院长等职务。他始终从科学的视角,关注着中国的人口、资源、环境问题,是"可持续发展"的先觉先行者。

## 航天学森

钱学森(公元1911—2009),祖籍浙江省杭州市,生于上海市。世界著名科学家,中国载人航天奠基人,被誉为"中国航天之父""中国导弹之父""中国自动化控制之父"和"火箭之王"。

钱学森1934年考取清华大学公费留学生,后在美国先后获得硕士学位和博士学位,在28岁时就成了世界知名的空气动力学家。

尽管在美国有着优厚的工作和生活待遇,但当新中国诞生的消息传到美国后,钱学森和夫人蒋英便商量着早日回国,为自己的国家效力。1950年,当他一家将要出发回国时,钱学森被拘留起来,两星期后虽经同事保释出来,但继续受到移民局的限制和联邦调查局特务的监视。经过周恩来总理在外交谈判上的不断努力,直到1955年10月,钱学森一家才终于回到了魂牵梦绕的祖国。

回国后,钱学森受命组建中国第一个火箭、导弹研究机构——国防部第五研究院,并长期担任火箭导弹和航天器研制的技术领导职务,以他在相关领域的丰富知识，对中国火箭、导弹和航天事业的发展做出了重大贡献。

他主持完成了"喷气和火箭技术的建立"规划，参与了近程导弹、中近程导弹和中国第一颗人造地球卫星的研制，直接领导了用中近程导弹运载原子弹的"两弹结合"试验，参与制订了中国第一个星际航空的发展规划。

钱学森曾获国家科技进步奖特等奖，被授予"国家杰出贡献科学家"荣誉称号，获"两弹一星"功勋奖章。

钱学森毕生实践着科学报国的信念，淡泊名利，人品高洁，充分展现出一位科学大师的高尚风范。

## 大师罗庚

华罗庚（公元1910—1985），江苏省常州市金坛市人，是在国际上享有盛誉的数学大师，被誉为"中国现代数学之父"。

华罗庚1925年夏初中毕业后曾入上海中华职业学校就读，但因家中无力提供杂费和住宿费而中途退学。之后，他一边帮助父亲料理杂货铺，一边开始自学数学。

1930年，20岁的华罗庚以一篇论文轰动数学界，被清华大学数学系主任熊庆来看重，让他进入清华大学图书馆工作。华罗庚在清华大学边工作边学习，用一年半的时间学完了数学系的全部课程，并同时自学了英、法、德语，在国际学术杂志上发表了三篇论文，被熊庆来破格任用为助教。

1936年夏，华罗庚被保送到英国剑桥大学进修，两年中发表了十多篇论文，受到国际数学界赞赏。他于1938年回国，在西南联合大学任教授。

1946年9月，华罗庚应纽约普林斯顿大学邀请去美国讲学，并于1948年被美国伊利诺依大学聘为终身教授。1950年，华罗庚毅然决定放弃在美国的优厚待遇，返回祖国。他在致留美学生的公开信中说："为了抉择真理，我们应当回去；为了国家民族，我们应当回去。"

回国后，华罗庚先后担任了清华大学数学系主任、中科院数学所所长、中国科技大学副校长、中科院副院长等职。1985年6月12日，他在日本东京作学术报告时，因心脏病突发倒在讲台上，于当晚逝世。

华罗庚一生为我们留下了十部数学专著，其中《堆垒素数论》发表40余年来其主要成果仍居世界领先地位。

## 当代毕昇

王选（公元1937—2006），祖籍江苏省无锡市，生于上海市。中国科学院院士、中国工程院院士、第三世界科学院院士，被誉为"当代毕昇"。

王选1958年在北京大学毕业后留校任教。1974年，王选开始了对汉字激光照排系统的研制。经过无数个日夜的奋战，他攻克了一个又一个技术上的难关，终于于1985年研制成功了我国第一个实用科技排版系统，并于1987年在《经济日报》投入使用，诞生了世界上第一张采用计算机组版、整版输出的中文报纸。

1992年，王选又研制成功世界首套中文彩色照排系统，并在《澳门日报》投入使用，诞生了世界上首次实现彩色图片与中文合一处理和输出的中文彩色报纸。

汉字激光照排系统是中国印刷史上继活字印刷后1000多年来最伟大的发明之一，开创了汉字印刷的一个崭新时代，引发了我国报业和印刷出版业的技术革命。

王选1987年获得中国印刷业最高荣誉奖——毕昇奖及森泽信夫奖，1995年获联合国教科文组织科学奖、何梁何利基金奖，2001年获国家最高科学技术奖。

## 飞人刘翔

刘翔，1983年出生于上海，祖籍江苏省盐城市大丰市草堰镇，著名田径运动员。被称为"亚洲飞人""跨栏王"。

## 榜样故事
BANGYANG GUSHI

1990年,刘翔7岁时,被上海市管弄新村小学的校田径队教练仲锁贵选中练习田径,从此与体育结缘。

1993年,四年级即将结束的时候,刘翔被顾宝刚老师选入上海市普陀区少体校,主练跳高、辅练100米短跑等,开始了职业运动生涯。

刘翔是中国田径史上里程碑[1]式的人物。他在2004年雅典奥运会上以12.91秒的成绩追平了保持11年的世界纪录,并打破奥运会记录。这枚金牌是中国男选手在奥运会上夺得的第一枚田径金牌,书写了中国田径新的历史!2006年在瑞士洛桑田径超级大奖赛中,以12秒88打破了保持13年的世界纪录;2007年在大阪世界田径锦标赛上以12秒95夺冠;2008年在瓦伦西亚室内世锦赛上以7秒46摘金,成为男子跨栏历史上第一位集奥运会冠军、世锦赛冠军、世界纪录和室内世锦赛冠军于一身的大满贯得主,为祖国赢得了荣耀。

## 诺奖莫言

莫言,原名管谟[2]业,生于1955年,祖籍山东省高密县,中国当代著名作家,是第一个获得诺贝尔文学奖的中国籍作家。

莫言童年时在家乡小学读书,五年级时因"文革"辍学,在农村劳动多年。1976年参加解放军。1984年秋入解放军艺术学院文学系学习。1989年秋入北京师范大学鲁迅文学院创作研究生班学习,1991年获得文艺学硕士学位,1997年转至地方报社《检察日报》工作。2007年,莫言被调到文化部中国艺术研究院工作。2014年,莫言获授澳门大学荣誉博士学位。

莫言从1981年开始小说创作,著名作品有《檀香刑》《丰乳肥臀》《红高粱家族》等,写的是一出出发生在山东高密东北乡的"传奇"。2012年,莫言获得诺贝尔文学奖,为整个中国文学赢得了荣耀。

---

[1] 里程碑:比喻在历史发展过程中可以作为标志的大事。
[2] 谟(mó):计划;策略。

## 利伟飞天

杨利伟，1965年出生于辽宁省绥[1]中县，中国人民解放军航天员大队特级航天员。

1983年，杨利伟高中毕业考进空军第二飞行基础学校，次年进入空军第八飞行学院。1987年任部队飞行员，1998年成为中国首批航天员。经过5年多的训练，他以优秀的成绩完成了几十个科目的训练任务，并最终从众多候选者中脱颖而出，成为我国首位登上太空的宇航员。

2003年10月15日北京时间9时，杨利伟乘由长征二号F火箭运载的神舟五号飞船首次进入太空。面对恶劣的太空环境，面对一旦发射失败可能会失去生命的危险，他沉着冷静，英勇果敢，准确操作，圆满完成了震惊世界的太空之旅。在环绕地球轨道十四周，航行了超过六十万千米后，神舟五号于北京时间2003年10月16日早晨6时30分在内蒙古主着陆场成功着陆。

这一非凡壮举是我国航天史上具有重大意义的里程碑，充分展示了中国科技事业的飞速发展，极大地振奋了民族精神。

---

[1] 绥(suí)：安好。

# 十、敬业篇

敬业是最基本的职业道德规范。敬业就是用认真的态度对待自己的工作，忠于职守，勤勤恳恳，兢兢业业[1]，尽职尽责。

本篇收录的敬业榜样，有的是秉公[2]执法、勤政为民、鞠躬尽瘁[3]，有的是用自己的学识为国家为人民奉献终生，有的是立足本职做出了突出的业绩，有的则是在祖国和人民需要的时候能勇敢地面对生死。我们应该向他们学习，将来不论走上哪个工作岗位，都应在平凡的岗位上做出不平凡的事业。

---

❶兢(jīng)兢业业：形容做事谨慎、勤恳。
❷秉(bǐng)公：依照公认的道理或公平的标准。
❸鞠(jū)躬尽瘁(cuì)：指小心谨慎，贡献出全部精力。

## 修德四字经

大禹[1]治水，过家不回。
诸葛治蜀，竭虑殚精[2]。
包拯刚直，不畏权贵。
海瑞秉正，贪官严惩。

带病裕禄，兰考抗灾。
退休善洲，荒山植松。
爱藏繁森，无私奉献。
村官爱平，一心为公。

米神隆平，躬耕稻田。
潜艇旭华，隐姓埋名。
九旬巴金，字字艰辛。
百岁佩兰，坐诊一生。

铁人进喜，艰苦创业。
抓斗起帆，创新发明。
天使文珍，心存至善。
邮路顺友，孤独长征。

---

[1] 禹（yǔ）：古代部落联盟领袖，传说曾治服洪水。
[2] 竭虑殚（dān）精：同"殚精竭虑"，用尽精力，费尽心思。

十、敬业篇

援朝继光,视死如归❶。
缉毒正彬,刀光剑影❷。
消防李隆,不惧艰险。
爱岗敬业,忘死舍生。

❶视死如归:把死者看作像回家一样,形容不怕死。
❷刀光剑影:形容激烈的厮杀、搏斗或杀气腾腾的气势。

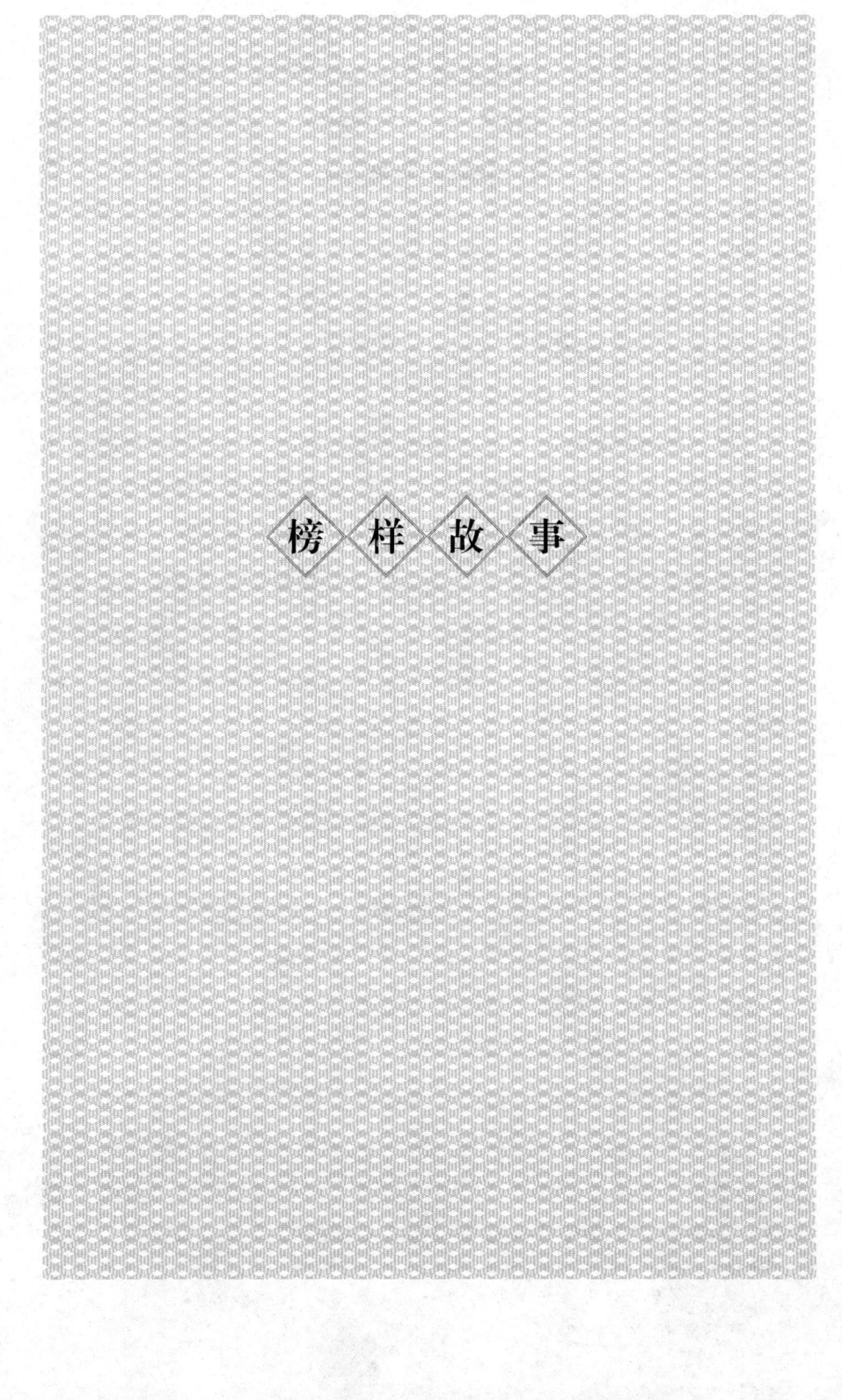

# 榜样故事

## 大禹治水

尧在位的时候,黄河流域洪水泛滥,百姓愁苦不堪。禹的父亲鲧❶受命治理水患,历时九年未能平息洪水灾祸。

舜接替尧当上了部落联盟首领以后,就把鲧杀了,又让禹去治水。这时候,禹新婚才四天。他不肯为了私事妨害公事,就抛弃家室去治水了。他在外面治水共十三年,三次经过自己的家门,都没有进去。一次,他路过家门口,正听到妻子生产、儿子呱呱坠地的声音,但想到开山导流刻不容缓,便顾不上回家,又走上了治水一线。第三次经过家门的时候,儿子启正被母亲抱在怀里,他已经懂得叫爸爸,挥动小手,和禹打招呼。禹只是向妻儿挥挥手,表示自己看到他们了,还是没有停下来。

禹总结了父亲治水失败的教训,改革治水方法,以疏导河川为主。治水期间,禹翻山越岭,蹚河过川,测度地形的高低,规划水道。他带领民工,逢山开山,遇洼筑堤,以疏通河道,引洪水入海。经过了十三年的治理,终于取得了成功,消除了中原洪水泛滥的灾祸。

大禹整治黄河水患有功,受舜禅让继帝位。后来,在诸侯的拥戴下,禹正式即王位,以安邑(今山西省夏县)为都城,国号夏。

## 诸葛治蜀

诸葛亮(公元181—234),字孔明,号卧龙,徐州琅琊阳都(今山东省沂南县)人,三国时期蜀汉丞相,著名的政治家、军事家。诸葛亮一生"鞠躬尽瘁、死而后已",是中国传统文化中忠臣与智者的代表人物。

诸葛亮青年时期耕读于荆州襄阳城郊,受刘备三顾茅庐❷邀请出仕❸,随刘备转战四方,建立蜀汉政权,官封丞相。223年刘备死后,刘禅

---

❶鲧(gǔn):古人名。
❷三顾茅庐:东汉末年,刘备请隐居在隆中(今湖北襄阳附近)草舍的诸葛亮出来运筹策划,去了三次才见到。后用来指诚心诚意一再邀请。
❸出仕(shì):出任官职。

继位为蜀汉皇帝,诸葛亮受封武乡侯,成为蜀汉政治、军事上最重要的实际领导者。

诸葛亮怜悯天下苍生疾苦,想尽早完成统一大业。228年春天,诸葛亮率领大军出汉中,开始第一次北伐。期间和魏军互有胜败,但多数因运粮不继无功而返。234年,在第五次北伐中,诸葛亮终因积劳成疾,病逝于定军山五丈原,享年54岁。

## 刚正包拯

包拯(公元999—1062),字希仁,号文正,庐州府合肥(今安徽省合肥市肥东县)包村人,北宋官员,有"包青天""包公"之名。

包拯禀性刚正,以清廉公正、不畏权贵闻名于世,在他弹劾(hé)下被降职、罢官、法办的当朝权贵不下30人。

张尧佐是宋仁宗宠妃张贵妃的伯父。他担任主管财税的官员后,百姓的苛捐杂税日见沉重,但国库反而枯竭。然而,仁宗偏要再次提拔张尧佐,任命张尧佐为三司使,掌管全国的财政大权,一时朝野震惊,舆论大哗。包拯闻听,立即上书弹劾。皇帝自知理亏,于是罢免了张尧佐的三司使之职。

不久,仁宗又任命张尧佐为淮康军节度使、群牧制置使、宣徽南院使、景灵宫使四职。包拯再次面谏仁宗,愤激之下,包拯竟冲到皇帝座前,怒责皇帝,因为语词激烈,连唾沫星子都溅到了仁宗的脸上。仁宗只好免去张尧佐宣徽南院使、景灵宫使两职。仁宗退朝后,张贵妃急不可待地追问结果,仁宗边用绢帕揩抹脸上的唾沫星子,边高声斥道:"你就只知道宣徽使,你可晓得这包拯还是御史呢!"

一年后,仁宗又授张尧佐为宣徽南院使。包拯再次当面斥责皇帝的偏执之过。仁宗拗不过包拯,又见众心难违,只好下诏改授张尧佐他职。

这就是历史上著名的"包拯三弹张尧佐"的故事。包拯"举劾不避权势,犯颜不畏逆鳞"的大无畏精神,由此可见一斑。

## 青天海瑞

海瑞（公元1514—1587），字汝贤，号刚峰，广东琼山（今属海南省）人。明朝著名清官。

1569年（隆庆三年），海瑞升调右佥都御史（正三品），巡抚应天十府。当时江南土地兼并严重，于是海瑞决心惩贪抑霸，整顿吏治。已告老还乡的朝廷首辅徐阶家族世代共占田二十四万亩，百姓纷纷向海瑞告状讼冤。海瑞要求徐阶退田，徐阶退了一些，海瑞并不满意，弄得徐阶很难堪，最后退了一半的田地，其子徐璠、徐琨被判充军，徐阶之弟侍郎徐陟被逮治罪。

徐阶的第三子徐瑛霸占民田，鱼肉乡里，强占民女赵小兰。小兰的母亲洪阿兰告状，华亭县令王明友受贿，杖毙了小兰的祖父。海瑞微服出访，查明真相，判处徐瑛、王明友死罪，并下令退田。徐阶买通了太监、权贵，弹劾海瑞庇❶护奸民，将海瑞改任闲职。海瑞识破奸计，断然处斩二犯，然后交出大印，称病辞官，回到琼山老家。

1585年（万历十三年），年已72岁的海瑞出任南京右都御史。1587年，海瑞病逝在任上。海瑞死后，南京佥都御史王用汲到海瑞家中料理后事，只见堂堂二品大员的家中徒立四壁，一只随身的破竹箱，里面除了十几两俸银，一条葛巾，几件旧衣服，别无所有。王用汲见此情景，忍不住泪如雨下。海瑞的死讯传出，南京百姓罢市❷而哭。海瑞的灵柩❸用船运回家乡时，穿戴着白衣白帽的人站满了两岸，祭奠哭拜的人百里不绝。

## 裕禄抗灾

焦裕禄（公元1922—1964），山东省淄博博市山县北崮❹村人，干部楷模。

---

❶庇(bì)：遮蔽；掩护。
❷罢市：商人为实现某种要求或表示抗议而联合起来停止营业。
❸灵柩(jiù)：死者已经入殓的棺材。
❹崮(gù)：四周陡峭，顶上较平的山（多用于地名）。

## 榜样故事
BANGYANG GUSHI

1962年冬天,焦裕禄被调到河南省兰考县担任县委书记。当时的兰考县是个饱受风沙、盐碱、内涝之患的老灾区,焦裕禄从上任第二天起,就深入基层调查研究。他拖着患有慢性肝病的身体,在一年多的时间里,跑遍了全县140多个大队中的120多个。

在带领全县人民封沙、治水、改地的斗争中,焦裕禄身先士卒❶,以身作则❷。风沙最大的时候,他带头去查风口,探流沙;大雨倾盆的时候,他带头趟着齐腰深的洪水察看洪水流势;风雪铺天盖地的时候,他率领干部访贫问苦,登门为群众送救济粮款。他经常钻进农民的草庵、牛棚,同普通农民同吃同住同劳动。

焦裕禄常说,共产党员应该在群众最困难的时候,出现在群众的面前;在群众最需要帮助的时候,去关心群众、帮助群众。他的心里装着全县的干部群众,唯独没有他自己。他经常肝部痛得直不起腰、骑不了车,即使这样,他仍然用手或硬物顶住肝部,坚持工作、下乡,直至被强行送进医院。

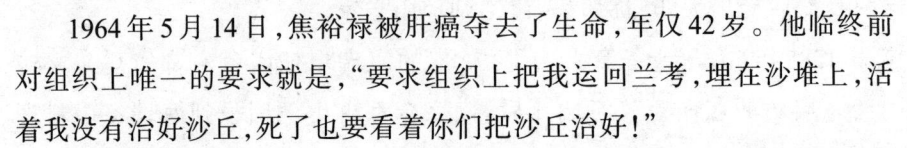

1964年5月14日,焦裕禄被肝癌夺去了生命,年仅42岁。他临终前对组织上唯一的要求就是,"要求组织上把我运回兰考,埋在沙堆上,活着我没有治好沙丘,死了也要看着你们把沙丘治好!"

## 善洲植松

杨善洲(公元1927—2010),云南省保山市施甸县姚关镇陡坡村人。

1988年3月,杨善洲从保山地委书记的岗位上退下来,他没有按组织规定到昆明去安家休养,却做出了一个新的选择:"我要回大亮山种树去!"

就这样,他带领着从各方调集的15个人,雇上18匹马,驮着被褥、锅碗瓢盆、砍刀镢头上了山,开始了大亮山植树造林计划。

最初用树枝搭的窝棚,不到半年就被风吹烂了。他们又修建起40间

---

❶身先士卒:作战时将帅亲自带头,冲在士兵前面,现在多泛指领导带头走在群众前面。

❷以身作则:用自己的行动做出榜样。

油毛毡棚,杨善洲在简陋的油毛毡棚里一住就是9年。

买树苗资金不足,杨善洲就经常提个口袋下山到镇里和县城的大街上去捡别人吃果子后随手扔掉的果核,放在家里用麻袋装好,积少成多后用马驮上山。

1999年,杨善洲在山上用砍刀修理树杈时,一脚踩到青苔上滑倒,造成左腿粉碎性骨折。可半年后,他拄着拐棍,又走进了大亮山。

20多年间,杨善洲不要分文报酬,只肯接受每月70元的伙食补助。他为林场争取了近千万资金,却从未私自动过一分钱。走了不知多少路,吃了不知多少苦,杨善洲带领工人植树造林7万多亩,林场林木覆盖率超过87%,还修建了18公里的林区公路,架设了4公里多的输电线路。

2009年4月,杨善洲将活立木蓄积量价值超过3亿元的大亮山林场经营管理权无偿移交给国家。2010年5月,他又把保山市委、市政府为他颁发的20万元特别贡献奖中的10万元捐赠给保山第一中学,6万元捐赠给大亮山林场。

2011年,杨善洲荣获第三届全国敬业奉献模范称号,被评为2011年度"感动中国"人物。

## 爱藏繁森

孔繁森(公元1944—1994),山东省聊城市人。

1979年,国家要从内地抽调一批干部到西藏自治区工作,孔繁森主动报名,第一次赴西藏担任了日喀则[1]地区岗巴县委副书记。

1988年,组织上决定让他带队第二次赴藏工作。进藏后,孔繁森担任拉萨市副市长。1992年,孔繁森在羊日岗乡的地震废墟上,领养了3名藏族孤儿。收养孤儿后,孔繁森的生活更加拮据[2],为此他曾3次以"洛珠"的名义献血900毫升。

1992年底,孔繁森第二次调藏工作期满,西藏自治区党委决定任命

---

[1] 日喀(kā)则:地名。
[2] 拮(jié)据:缺少钱,境况窘迫。

他为阿里地委书记。阿里地处西藏西北部,平均海拔4500米,地广人稀,恶劣的自然环境、艰苦的生活条件使许多人望而却步[1]。面对人生的又一次重大选择,他毫不犹豫地服从了党的决定。

孔繁森赴任阿里后,在不到两年的时间里,全地区106个乡他跑遍了98个,行程达8万多公里。在孔繁森的勤奋工作下,阿里经济有了较快的发展。1994年11月29日,在去新疆西南部的塔城进行边境贸易考察返回阿里途中,不幸发生车祸,孔繁森以身殉职,时年50岁。

人们在料理孔繁森的后事时,看到两件遗物:一是他仅有的8元6角钱;一是他去世前4天写的关于发展阿里经济的12条建议。

2009年,孔繁森被评为100位"新中国成立以来感动中国人物"之一。

# 爱平为公

段爱平,1956年出生,山西省长治市襄垣县王桥镇返底村党支部书记、主任。

1998年,段爱平嫁进了返底村。为改善生活,她借钱做起了焦炭生意,两年下来赚了几十万元。当时的返底村是个名副其实的穷村,村小学的教室是危房,没上过学的段爱平决定出资为村里建一所新小学。1999年,这个连自己姓名都写不工整的普通农妇,高票当选为返底村村委会主任,次年又被选为村支书,一干就是十几年。

上任后,修学校、电网改造、建敬老院……段爱平马不停蹄地忙碌着。2004年,段爱平的丈夫被查出患了癌症,去太原接受治疗。可当时村里正在建敬老院,段爱平没时间去陪老伴。两年后,敬老院建起来了,丈夫却永远地离开了她。

2006年,段爱平被查出得了食道癌,后又转移扩散到了淋巴。经过化疗、电烤,她的脖子已经看不到完整的肌肤,每天就靠葡萄糖和止疼药度日。就是这样,她仍带病坚守在工作岗位上,每天想着的是要尽力再为村民做更多的事。

---

[1] 望而却步:看到了危险或力不能及的事而往后退缩。

2007年，她筹资重修了学校；2008年，扩建了敬老院；2009年，为村里引进了自来水；2010年，硬化了道路；2011年，投资15万元为村里进行园林建设；2012年，安装太阳能路灯；2013年，投资50万元开展河道治理工程，为村里修了两条坚固的防洪渠……这些项目中段爱平自己就贴了十几万。十几年下来，段爱平自己早已一贫如洗，而村庄却日益丰饶起来。

2013年，段爱平荣获全国十大"最美村干部"称号，被评为"感动中国十大人物"。

## 米神隆平

袁隆平，1930年出生，祖籍江西省九江市德安县。中国杂交水稻育种专家，曾荣获首届国家最高科技奖、世界粮食奖等奖励，被誉为"杂交水稻之父""当代神农氏""米神"等。

1960年，袁隆平成为湖南省安江农校的一名普通教师，1964年开始研究杂交水稻。此后几十年来，这位有着古铜色皮肤的科学家，就像一位普通的农民，经常两腿沾满了泥点子，穿梭在田间地头。

1974年，袁隆平配制种子成功，他研究的三系法杂交水稻成为世界上首例成功的杂交水稻品种。1976年国家定点示范208万亩，开始在全国范围大面积推广。1988年，全国杂交稻面积发展到1.94亿亩，占水稻面积的39.6%。

1995年，袁隆平搞成了两系法杂交稻，又比三系法增产百分之五到十，但是还是感到不满足，又开始研究超级稻。

2003年，中国大陆一半以上的水稻都为袁隆平的杂交品种。2007年，袁隆平的杂交水稻技术已经在中亚、东南亚、北美、南美试验试种，为解决世界粮食安全及短缺做出了卓越贡献。

2013年9月，由袁隆平院士科研团队攻关的国家第四期超级稻百亩示范片"Y两优900"中稻平均亩产达988.1公斤，创世界纪录。

## 旭华埋名

黄旭华,1926年出生于广东省海丰县田调镇,是中国第一代核动力潜艇研制创始人之一,曾任核动力潜艇总设计师、中国核潜艇总体研究设计所所长,被誉为"中国核潜艇之父"。

黄旭华1949年毕业于上海交通大学造船系,1958年调到北京海军,不久后任核潜艇研究室副总工程师。接到命令后黄旭华曾写信简单告诉老家的母亲,自己要到北京工作,但具体干什么,他只字未提。

核潜艇是集核电站、导弹发射场和海底城市于一体的尖端工程。为研制核潜艇,为了艇上千万台设备,上百公里长的电缆、管道,他要联络全国24个省市的2000多家科研单位,工程复杂。那时没有计算机,他和同事用算盘和计算尺演算出成千上万个数据。

1964年,黄旭华带领团队研制出了我国第一艘核潜艇。从1970年到1981年,中国陆续实现第一艘核潜艇下水,第一艘核动力潜艇交付海军使用,第一艘导弹核潜艇顺利下水,成为继美、苏、英、法之后世界上第五个拥有核潜艇的国家。

1988年初,核潜艇按设计极限在南海作深潜试验。黄旭华亲自下潜300米,是世界上核潜艇总设计师亲自下水做深潜试验的第一人。

1988年黄旭华顺道探视老母,95岁的母亲与儿子对视却无语凝噎[1],30年后再相见,62岁的黄旭华,也已双鬓染上白发。面对亲人,面对事业,黄旭华隐姓埋名三十载,默默无闻,无怨无悔。

黄旭华曾先后多次获得国家科学技术进步特等奖,全国科学大会奖等,被评为"感动中国"2013年度十大人物。

## 九旬巴金

巴金(公元1904—2005),原名李尧棠,祖籍浙江省嘉兴市。是我国现代著名的小说家、散文家、翻译家、社会活动家。是20世纪中国杰出的

---

[1] 无语凝噎(yē):嗓子被气憋住,哭不出声,说不出话。

文学大师、中国当代文坛的巨匠。

巴金出生在四川省成都市一个封建官僚家庭,五四运动后深受新潮思想的影响,开始了他个人的反封建斗争。1923年巴金离家赴上海、南京等地求学。1927年,巴金以第一部小说《灭亡》,被人们认识以后,逐渐成为中国文坛的领军人,并且长达数十年之久。2003年11月,中国国务院授予巴金"人民作家"荣誉称号。

巴金老人自80年代初被确诊患上帕金森氏症后,仍然在病魔的折磨下坚持创作。他写作时连笔都拿不稳,有时刚写几个字,手指就动不了了,要横横不出来,要撇撇不出去,老人只能用左手去推右手。26卷本的《巴金全集》、10卷本《巴金译作集》《怀念曹禺》《告别读者》等著作和文章,都是他在90岁以后校对完和写成的。他的创作可谓字字艰辛,字字是血。

2005年10月17日,巴金在上海逝世,享年101岁。

## 仁医佩兰

胡佩兰,女,1916年出生于河南省驻马店市汝南县县城北关。1944年,她毕业于河南大学医学部,70岁时才从郑州铁路中心医院的妇产科主任位上退休。退休后,她一直坚持坐诊,在解放军3519职工医院和郑州市建中街社区卫生服务中心连续坐诊20年,坚持每周出诊6天,风雨无阻。

胡佩兰生活节俭,舍不得在自己身上多花一分钱。但她经常大方地给病人垫付医药费。她还拿出微薄的坐诊收入和退休金,捐建了50多个"希望书屋"。

胡佩兰患有严重的腰椎间盘突出,进出都要坐小推椅。2013年7月,98岁的胡佩兰心脏病突发,经抢救后,第二天她依然准时到医院坐诊。

因为慕名❶找上门的病人多,胡佩兰每天都会坚持看完所有病人才

---

❶ 慕(mù)名:仰慕别人的名气。

下班，对患者也极有耐心，给病人开药，很少超过一百元。如今，胡佩兰的记忆明显下降，耳朵也不如以前，但病人的情况她却记得清清楚楚，耳朵里放着助听器，听不清的地方，便由旁边的学生解释。

胡佩兰荣获"感动中国"2013年度十大人物荣誉称号。

## 铁人进喜

王进喜（公元1923—1970），甘肃省玉门市人，大庆人的杰出代表，中国石油工人的光辉典范。

1950年春，王进喜成为新中国第一代钻井工人，先后任司钻、队长等职。1958年9月，他带领钻井队创造了当时月钻井进尺的全国最高纪录。1959年9月，王进喜被评为全国劳动模范。

1960年3月，王进喜率领1205钻井队到大庆参加松辽石油大会战。钻机到了，没有吊车和拖拉机，汽车也不足。王进喜带领全队工人用撬杠撬、滚杠滚、大绳拉的办法，"人拉肩扛"把钻机卸下来，运到萨55井井场，仅用4天时间，把40米高的井架竖立在茫茫荒原上。井架立起来后，没有打井用的水，王进喜组织职工到附近的水泡子破冰取水，带领大家用脸盆端、水桶挑，硬是靠人力端水50多吨，保证了按时开钻。萨55井于4月19日胜利完钻，进尺1200米，首创5天零4小时打一口中深井的纪录。1960年4月29日，钻井队准备往第二口井搬家时，王进喜右腿被砸伤，他仍在井场坚持工作。第二口井打到700米时，由于地层压力太大发生了井喷。危急关头，王进喜不顾腿伤，扔掉拐杖，带头跳进泥浆池，用身体搅拌泥浆，最终制服了井喷。到年底，1205钻井队共打井19口，完成进尺21258米，接连创造了6项高纪录。王进喜的"铁人精神"为全国人民广为传诵。

1970年11月15日，王进喜因患胃癌医治无效不幸病逝，享年47岁。

## 抓斗起帆

包起帆，1951年出生，浙江省镇海市人，是一名从码头工人成长起来的教授级高级工程师。

1981年一年里,包起帆亲眼目睹了3名工人兄弟死于木材装卸,于是他下定决心,要靠自己的科学文化知识把工人兄弟的生命从虎口中夺回来。那时候,包起帆对抓斗是一窍不通,面对重重困难,他顾不得自己的家庭,顾不得出世不久的孩子,日夜待在码头上做实验。经过将近三年的艰难攻关,包起帆终于在码头上建成了一套完整的木材抓斗装卸工艺系统。从此以后再也不需要一个工人下船舱用人力去捆扎木材了,装卸效率也提高了很多。

之后,他又接连发明了"单索生铁抓斗""异步启闭废钢块料抓斗""新型液压抓斗"等,从而改变了我国港口木材、生铁、废钢等货物装卸工艺的落后状况,被誉为"抓斗大王"。

20多年来,他与同事致力于港口装卸工具的发明创造,共同完成了120多项技术创新项目。2006年5月,在第95届巴黎国际发明博览会上,他获得4项金奖,成为105年来一次获得该展会奖项最多的人。2009年,荣获世界工程界的"诺贝尔奖"——世界工程组织联合会"阿西布·萨巴格优秀工程建设奖",这是我国工程界首次获此殊荣。

2003年,包起帆担任了上海国际港务(集团)股份有限公司副总裁。2011年,包起帆从副总裁职位上卸任,受聘担任了华东师范大学国际航运物流研究院院长、教授。

## 天使文珍

王文珍,1962年出生,天津人,1978年考入海军总医院护校并入伍,后任海军总医院护理部总护士长。从事医护工作30多年来,王文珍始终用亲情温暖病人,用真情服务病人,用博爱帮助病人,被患者誉为"和谐天使""提灯女神"。

一个小伙子得了艾滋病,绝望地跳楼自杀,生命垂危。很多年轻护士不愿意承担护理工作,王文珍说:"不能对任何病人另眼相看,让我来!"抢救时,患者的呕吐物喷了王文珍一脸,她没一句怨言。术后,她为病人洗头洗脸、剪指甲、刮胡子,病人排便障碍,她就戴上手套为他掏大便……出院时,小伙子泣不成声:"您比我的亲姐姐还要亲!"

一位农民工接受急救时身上没有带钱,王文珍垫付了医药费。病人出院时,她不但婉言拒绝患者还钱,还塞给对方400元,嘱咐他买点营养品。

2003年年初非典肆虐,王文珍奋战非典病房122天,护理发热病人3000多,3次放弃轮休。2008年,汶川发生大地震,王文珍再次冲上第一线。天气寒冷,王文珍嘱咐护士在给病人输液前,先用体温把液体焐热……她和战友们一起用床板、坐椅抬伤员,多次累得瘫坐在地上。

2010年9月开始,年近半百的王文珍带领"王文珍医疗队"随"和平方舟"号医院船历时88天、航程17800海里,圆满完成了亚非5国"和谐使命—2010"医疗服务任务。

王文珍2009年荣获第42届国际南丁格尔奖,2011年荣获第三届全国道德模范称号。

## 邮路顺友

王顺友,苗族,1965年出生,是四川省凉山彝族自治州木里藏族自治县邮政局的一名乡邮员。

1984年,王顺友从老父亲手里接过了马缰绳,走上了马班邮路的漫漫征途。

四川木里藏族自治县地处青藏高原东南缘,高山绵延起伏。王顺友负责的马班邮路从海拔近5000米到近1000米,要经过七个大大小小的山峰沟谷,穿过四片野兽出没的原始森林。必经之地察尔瓦山,一年中有6个月冰雪覆盖,气温达到零下十几度。而一旦走到雅砻江❶河谷时,气温又高达40多度,酷热难耐。还要经过当地老百姓都谈之色变的"九十九道拐"。这里,拐连拐,弯连弯,山狭路窄,抬头是悬崖峭壁,低头是波涛汹涌的雅砻江,稍有不慎,就会连人带马摔下悬崖掉进滔滔江水中。

---

❶雅砻(lóng)江:水名。

这条邮路往返360公里,他每月两个邮班,一个邮班来回14天,他每月有28天要独自徒步跋涉在这苍茫大山中的邮路上。当万家灯火、家人团聚的时候,王顺友只能一个人蜷缩❶在山洞、牛棚、树林里或露天雪地上,只有骡马与他相伴。冬天一身雪,夏天一身泥,饿了就啃几口糌粑❷面,渴了只能喝几口山泉水或吃几块冰。由于常年野外风餐露宿,王顺友的身体一堆毛病,经常受到病痛的折磨。

20年来,王顺友在雪域高原行程26万公里,按班准时地把一封封信件、一本本杂志、一张张报纸准确无误地送到每个用户手中,没有延误过一个班期,没有丢失过一个邮件。

王顺友2001年荣获全国五一劳动奖章,2005年荣获全国劳动模范、被评选为"感动中国"十大人物。

## 援朝继光

黄继光(公元1931—1952),四川省中江县人。抗美援朝战争开始后,黄继光报名参加了中国人民志愿军,被分配到第十五军第一三五团任通讯员。

1952年10月14日,上甘岭战役开始了。19日晚,黄继光所在的第2营奉命向上甘岭右翼597.9高地反击,必须在天亮前占领阵地。联合国军设在山顶上的集团火力点,压制住志愿军部队不能前进。第6连连续向敌军发起五次冲锋,未能摧毁敌军火力点,而且一个又一个战友倒下了。这时离天亮只有40多分钟了,在这关键时刻,黄继光挺身而出:"把任务交给我吧,只要我有一口气,保证完成任务。"营参谋长同意了他的请求。黄继光立即提上手雷,带领两名战士向敌军的火力点爬去。当离敌军火力点只有三四十米时,一名战士牺牲了,另一名战士也负了重伤。黄继光的左臂被打穿,血流如注,他毫不畏惧,忍着伤痛,一步不停地向敌军火力点前进。在距敌军火力点八九米时,他举起右手将手雷接

---

❶蜷(quán)缩:蜷曲而收缩。
❷糌(zān)粑(ba):青稞麦炒熟后磨成的面。吃时用酥油茶或青稞酒拌和,捏成小团。是藏族人的主食。

连投向敌军，但由于火力点太大，只炸毁了半边，当部队趁势发起冲击时，残存在地堡内的机枪又突然疯狂扫射，志愿军反击部队的冲锋受到阻止。天就要亮了，黄继光身边已无弹药，身体又多处受伤，他顽强地爬向火力点，冲着敌军狂喷火舌的枪口，挺起胸膛张开双臂扑了上去。刹时，敌军正在喷吐的火舌熄灭，正在吼叫的机枪哑然失声。在黄继光英雄壮举的激励下，部队高喊着"冲啊！为黄继光报仇！"很快占领了阵地，全歼守军两个营。

1953年4月，中国人民志愿军领导机关为黄继光追记特等功，并授予"特级英雄"称号。

## 缉毒正彬

明正彬，1966年出生，云南省保山市人。1990年调入龙陵县公安局缉毒队。1999年至2001年，担任保山市公安局禁毒支队队长、市公安局副局长。

20年来，明正彬只身打入毒贩内部90余次，亲自侦破及指挥侦破案件1000余起，抓获贩毒嫌疑人2000余人，缴获毒品3吨多，各种毒资及赃物折款达4000多万元。

一个个贩毒分子落网，明正彬也因此成了贩毒分子既恨又怕的"克星"。境外毒枭❶蒋某曾悬赏500万元人民币，要买明正彬的人头。

毒贩子们还把黑手伸向了明正彬的家人。1999年8月，缅甸毒枭"蒋三"出资10万元，雇了6个杀手悄悄来到龙陵绑架他年仅2岁的儿子。然而三次绑架均未得逞。8月16日凌晨，气急败坏的歹徒向明正彬家里投掷了3枚自制的汽油燃烧弹。燃烧弹轰然爆炸，满屋的火光，家具、衣被都烧着了。幸亏扑救及时，家人才幸免于难。

从警20年来，明正彬无数次面对情与法的冲突。1992年9月，他亲手抓捕了参与贩毒的侄子。侄子被枪毙后，他去收了尸。回到家，明正彬把自己关在屋里很长时间，面对亲人的责难，他只有在心里说："天地

---

❶毒枭（xiāo）：指贩毒集团的头目。

良心。"

明正彬2004年被评为"感动中国"年度人物。他的英雄事迹已被改编成电影故事片《妈妈,别怪我》公映。

## 消防李隆

李隆,1977年出生,河南省开封市人。河南省郑州市公安消防支队特勤大队副大队长。

在2003年黄河兰考段某生产堤决口抢险中,1.8万名群众被洪水围困。李隆作为突击队的一线指挥员,带领战友驾驶四艘冲锋舟一天往返50多船次,连续奋战24个昼夜,救助灾民342人次,运送物资12吨。

2004年1月13日下午,漯❶市堰城❷县境内一辆载有49吨液氯的槽车翻进护路沟内,泄漏出的大量氯气漫向临近的几个村庄,数万群众的生命财产安全受到严重威胁,情况万分危急。李隆奉命带队长途增援完成抢险堵漏任务。面对异常艰难的堵漏工作,李隆带领两名同志身着笨重的防化服,深入到被浓浓的毒气笼罩下的槽车周围,一个一个地清洗寻找泄漏点,实施抢险堵漏,连续奋战八个小时,圆满完成了毒气泄漏事故的处置任务,让当地老百姓过上了一个祥和的春节。

在2008年5月赴四川抗震救灾战斗中,李隆和战友们在异常险恶的环境下,不怕牺牲,连续作战,在废墟下先后挖出57名群众,其中5人生还,包括被困104个小时的李青松和被困124个小时的卞❸刚芬,创造了一个又一个生命救援的奇迹。

入伍以来,李隆同志先后参加灭火救援战斗3170多次,抢救遇险群众760余人。他先后荣立个人一等功一次、二等功一次、三等功三次;获得"五四青年奖章"、公安消防部队"灭火救援尖兵""全国抗震救灾模范"等荣誉称号,被评为2008年度"感动中国"人物。

---

❶漯(luò)河:地名。
❷堰(yàn)城:地名。
❸卞(biàn):姓。

# 十一、清廉篇

　　清廉,就是要做一个清清白白的人,无论任何情况下,都洁身自律,一身正气,不起贪念,不谋私利。
　　一尘不染,一廉如水,两袖清风❶,这是对清廉者高洁品格的写照。清廉的人永远受到人们的尊敬和仰慕。

---

❶两袖清风:指做官廉洁。

## 修德四字经

彦谦官贫,家无余财。
隐之清苦,嫁女卖犬。
尚书怀慎,满屋萧条。
南皮香涛,不增房田。

廖❶凝离职,只带旧瓢。
陆绩还家,搬石压船。
赵轨应召,杯水饯行❷。
刘宠别任,仅受一钱。

苏琼悬瓜,明心却❸赠。
羊续悬鱼,执意杜献。
杨震拒礼,四知自惕❹。
雷义辞谢,归公心安。

包拯秉清,不取一砚。
子罕不贪,治玉换钱。
孔顗❺责弟,载米以还。

---

❶廖(liào):姓。
❷饯(jiàn)行:设酒食送行。
❸却:推辞,拒绝。
❹惕(tì):谨慎小心。
❺顗(yǐ):安静(多用于人名)。

## 十一、清廉篇

鸣珂❶杖妻,百姓称赞。

明代于谦,两袖清风。
清朝成龙,"青菜"名传。
将军鸿昌,"不许发财"。
做官为民,清廉为先。

---
❶珂(kē):像玉的石头。

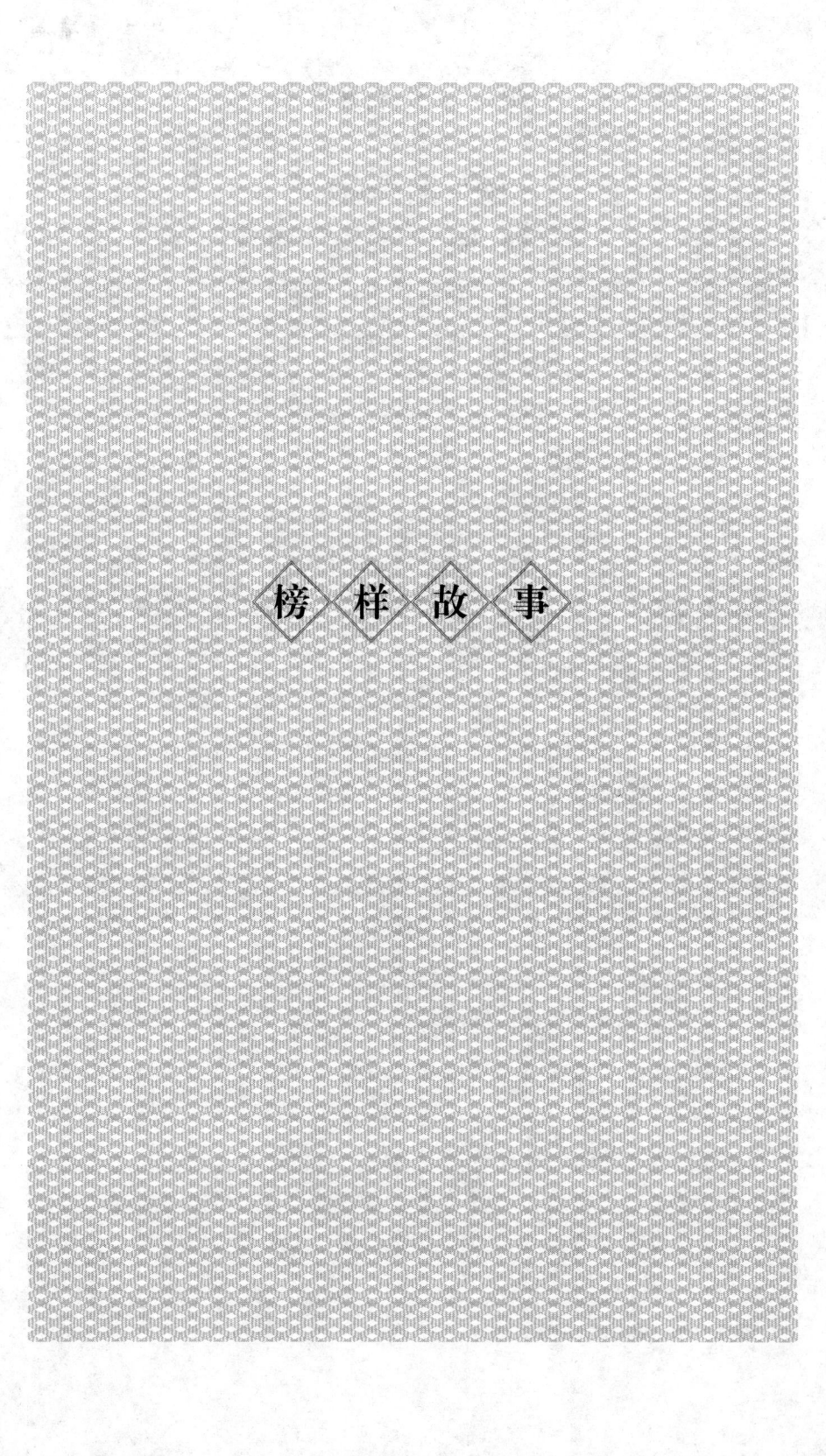

# 榜样故事

## 彦谦官贫

房彦谦(公元547—615),原籍清河(今河北省邢台市),是唐贞观年间宰相房玄龄的父亲,一生先后经历了东魏、北齐、北周和隋四个王朝的更替换代。

大家族的文化熏陶,造就了他的清正品格。18岁时,他就担任了家乡齐郡的主簿❶,并一直在官府任职,40岁时被郡守举荐进京,做了监察御史。后改任河南长葛县令,在全国官员考核中,因清正廉洁,被评为"天下第一",并因此而晋升郡司马(州郡军事官员"二把手")。当他离职高升之时,地方百姓拦路挽留,并为其立碑颂德。

隋代大业九年(613年),他随从皇帝到辽东,担当了一阵扶余道(今东北地区)监军。后来,因过于耿直,得罪了权贵,被降为泾阳县令,69岁病逝于任上。

房彦谦为官清廉,所得俸禄大多周济了同事亲友,以至于"家无余财"。他曾经和儿子房玄龄说:"人皆因禄富,我独以官贫,所遗子孙,在于清白耳。"

## 隐之清苦

吴隐之(?—413),字处默,东晋濮阳❷鄄城人,官至度支尚书,著名廉吏。

吴隐之做官期间,每月的俸禄在留够口粮后,其余的全部用来接济贫穷的亲友和乡邻,自己家的生活却十分清苦。

吴隐之在给卫将军谢石做主簿时,有个女儿要出嫁,谢石就派人送去一些酒肉,并叫自家的厨师前往帮忙置办酒席。一行人来到吴家门口时,正看见吴家的婢女牵着一条狗往外走。一问,才知道吴隐之连嫁女

---

❶ 主簿(bù):主簿是古代官名,是各级主官属下掌管文书的佐吏。
❷ 濮(pú)阳:地名,位于河南省的东北部,东南与山东省菏泽市鄄城县接壤。

儿的钱都没有,不得不把看家狗卖掉去换回几个钱做女儿的嫁资。

后来,吴隐之被朝廷任命为广州刺史。离广州二十里一个叫石门的地方,有一口泉叫"贪泉",据说不管谁喝了这泉水,都会变得贪得无厌。吴隐之上任途中正经过这里,他走到泉边舀了水就喝,并赋诗一首:"古人云此水,一歃❶怀千金。试使夷齐饮,终当不易心。"意思是:人们都说喝了这泉水,就会贪财爱宝,假若让伯夷叔齐那样品行高洁的人喝了,我想终究不会改变那颗廉洁的本心。

上任后,他平时吃饭,通常青菜一碟,偶尔加点鱼干,肉则难得吃上一回。他还把州府规定供给的帷帐、用具等一切外表豪华之物通通撤除,交到库房。

吴隐之在广州多年,离任返乡时,小船上仍是初来时的简单行装。到家时,只有茅屋六间,篱笆围院。皇帝刘裕赐给他牛车,并为他盖了一座宅院,吴隐之坚决推辞掉了。

义熙九年(413年),吴隐之去世。朝廷追授他为左光禄大夫,加散骑常侍,以表彰他一生的奉公廉洁。

## 怀慎饥寒

卢怀慎(?—716),滑州灵昌(今河南省滑县)人,唐朝宰相。

卢怀慎做官后清正廉洁,不计名利,始终以正直之道处世,各地赠送的东西,他一点也不肯接受。但是他对待亲戚朋友却非常大方,得到的俸禄赐物,都毫不吝惜地送给亲戚朋友。他的住宅和家里的陈设用具都非常简陋,甚至经常让妻子和儿女同自己一起挨饿受冻。

有一次,他去东都(洛阳)担当选拔官吏的重要公务,可是随身的行李只是一个布袋。

他担任黄门监兼吏部尚书期间,病了很长时间。宋璟❷和卢从愿去探望他,只见他所住的地方,屋子里外真是太萧条了。卢怀慎躺在一张

---

❶歃(shà):专指歃血,古代举行盟会时饮牲畜的血或嘴唇涂上牲畜的血,表示诚意。

❷璟(jǐng):玉的光彩。

薄薄的破竹席上，门上连个门帘也没有，正遇到刮风下雨，只好举起一张席子来遮挡。卢怀慎看到他们俩来了，非常高兴，留他们待了很长时间，并叫家里人准备饭菜，端上来的只有两瓦盆蒸豆和几碗青菜，此外什么也没有。

卢怀慎死后，由于家里没有一点积蓄，只好叫一个老仆人做了一锅粥给帮助办理丧事的人们吃。

## 香涛清廉

张之洞（公元1837—1909），字孝达，号香涛，晚年自号抱冰，谥号❶文襄。晚清四大名臣之一、清代洋务派❷代表人物。生于贵州省贵筑县（今贵阳市），原籍直隶南皮（今河北省沧州市南皮县），故又称张南皮。26岁中进士第三名"探花"，授翰林院❸编修，历任山西巡抚、两广总督、湖广总督、两江总督、军机大臣等职，官至体仁阁大学士（正一品）。

张之洞是一个有抱负，且能审时度势❹、改革创新、敢作敢为、勤勉奉公的人。在教育方面，他提出废除科举❺，兴办新式教育，并亲自创办了自强学堂（武汉大学前身）、三江师范学堂（南京大学前身）、湖北农务学堂（华中农业大学前身）、湖北武昌幼稚园（中国首个幼儿园）、湖北工艺学堂（武汉科技大学前身）等，制订了"癸卯学制"。在工业方面，他创办了汉阳铁厂、大冶铁矿、湖北织布局、湖北枪炮厂等，为推动近代中国的发展做出了重大贡献。

张之洞一生清正廉洁，从不收受下属馈赠的礼物。他出任两广总督时，按照惯例，广东海关每月要送3000两公费银作为总督私有，他到任

---

❶谥（shì）号：君主时代帝王、贵族、大臣等死后，依其生前事迹所给予的称号。

❷洋务派：清末兴办"洋务事业"的一派政治势力。他们以"自强求富"为标榜，主张开办近代军事工业等，维护封建统治。

❸翰林院：官署名。集各种才艺之人于院中供皇帝使令。

❹审时度（duó）势：了解时势的特点，估计情况的变化。

❺科举：从隋唐到清代的封建王朝分科考选文武官吏后备人员的制度。唐代文科的科目很多，每年举行。明清两代文科只设进士一科，考八股文，武科考骑射、举重等武艺，每三年举行一次。

后,将此款按月全部充公,分文不留。他在任两江总督时,一位道员为某富商私献白银20万两给他祝寿,借机请求在海州开矿。他断然拒绝了富商的寿礼和要求,并罢免了这位道员。

1897年,张之洞回老家省亲❶祭祖,皇帝赐给他白银5万两,他用此款和自己平日节余的钱,为家乡修建了一所学堂,起名"慈恩学堂",这就是南皮县第一中学的前身。还为学堂购置了田产,作为常年经费。

张之洞平时生活很俭朴,穿着也很朴素。虽然身居高位,薪俸很高,但由于他很正直,请客宴会、送礼赏赐都是用自己的银两,加上家中人口多,所以常常手头拮据。有时年关实在挺不过去,他就派人用皮箱装上衣服之类的东西送到当铺❷去典当。开春后,等到手头松动一点,再用银两把箱子赎回。

张之洞临终前,给子孙留下遗嘱:"(我)为官40多年,勤奋做事,不谋私利,到死房不增一间、地不加一亩,可以无愧祖宗。望你们无忘国恩,勿坠家风,必明君子小人之辨,勿争财产,勿入下流。"

张之洞去世后,家里办理后事时竟然连丧葬费都拿不出,还是靠他的亲朋门生❸们资助的。

## 廖凝挈❹瓢

廖凝(约936年前后在世),字熙绩,江西省宁都县黄陂镇黄陂村人,擅长吟诵,很多诗作传诵一时。

五代时期,廖凝曾任彭泽县令,居官期间廉洁自律,后来辞官归乡。他离任时家中只有诗卷和酒瓢,于是,赋诗一首:"五斗❺徒劳漫折腰,三年两鬓为谁焦。今朝解印吟归去,还挈来时旧酒瓢。"

---

❶省(xǐng)亲:回家乡或到远处看望父母或其他尊亲。
❷当(dàng)铺:专门收取抵押品而借款给人的店铺。借款多少按抵押品的估价而定。到期不赎,抵押品就归当铺所有。
❸门生:学生。
❹挈(qiè):用手提着。
❺五斗:五斗米,指微薄的官俸。

## 陆绩廉石

陆绩(187—219年),字公纪,东汉末年吴郡吴县(今江苏省苏州)人。陆绩曾任广西郁林太守多年,为官清正廉洁,深得百姓爱戴。

陆绩卸任离开郁林时,一家四口除有简单的行装和几箱书籍外,再无别的东西可带。负责运送的船家对陆绩说:"船太轻了遇到大风浪会很危险,得想办法增加一些重量。"为了行船安全,陆绩就买了一担笋干、两大瓮咸菜压船舱。但船还是太轻,而此时陆绩身上的银两所剩无几。怎么办?他忽然看到岸边有一块七八百斤重的大石头,便请船工把它搬上船来。这块石头运回陆绩家乡后,陆绩的廉洁美名也随之传开,有人还吟诗赞颂:"陆绩为官实清廉,不贪不占不敛钱。俸银常作济民用,还乡只得石压船。"

现在在江苏苏州文庙的庭院里,竖着一块刻有"廉石"二字的巨石。相传这就是陆绩的那块"压舱石"。

## 赵轨杯水

赵轨,河南洛阳人,北周时曾任卫州治中,隋朝时改任齐州别驾,以廉正的节操闻名。

他家东侧邻居院内种着桑树,树枝伸进赵轨家院里。桑葚熟后落入他家院内,又大又红,满地都是。赵轨见了,忙叫家人捡起来,全部还给了邻居,并告诫他的儿子说:"不是自己的劳动果实不应该要,你们要以此为戒。"

赵轨在齐州四年,政绩显著,被调为京官。他离任时,百姓纷纷来送,痛哭流涕,不愿赵轨离开。一位年迈的长者代表百姓捧着一杯清水敬奉到赵轨面前,激动地说:"别驾在此任官,从不受贿纳物,一点一滴也不沾百姓的,如今您要走,我们不敢以酒相送,您清廉若水,特献上一杯清水为您饯行。"赵轨接过水杯,一饮而尽,含泪与百姓告别。

## 榜样故事
BANGYANG GUSHI

## 刘宠一钱

刘宠，字祖荣，牟平（今山东省烟台市牟平区）人，东汉大臣。

刘宠任会稽太守时，减除了许多烦琐苛刻的政令，并严查官吏的非法行为，政绩卓著。后来，刘宠被升职入京，临走时，有五六位须发皆白的老人，特意从乡下赶来给他送行，还带了一百文钱赠他。刘宠不肯接受，又盛情难却，就从其中挑选了一个收下，以作纪念。等到离开当地后，刘宠又把这个钱丢在了河里。

后人便把刘宠称为"一钱太守"，把那条河称为"钱清河"。

## 苏琼悬瓜

苏琼，字珍之，长乐武强（今河北武强）人，南北朝时官员。

苏琼为官清明，廉洁自守，从不受赠。苏琼初当南清河郡太守时，郡里有一位告老还乡的太守赵颖，给他送来两只瓜，并声称这是自家园中产的。苏琼却之再三，赵颖倚仗年纪大，苦苦相请，苏琼只得将瓜留下。赵颖走后，苏琼马上叫家人将瓜装入竹篮，悬挂在郡府厅堂的大梁上，以作警示。

别人听说苏太守收下了瓜，以为有机可乘❶，都争相来向他进献新鲜瓜果。但一到郡府，看见那瓜原封不动悬挂在厅梁上，不禁一个个面面相觑❷，羞愧而回。

## 羊续悬鱼

羊续（公元142—189），字兴祖，东汉时泰山郡平阳县人，中国历史上著名的廉吏。

中平三年（186年），朝廷拜羊续为南阳郡太守。南阳郡是大郡，当时很多权贵之家好奢侈，羊续非常反感。他便以身作则，带头穿着破旧的

---

❶有机可乘（chéng）：有空子可以利用。

❷面面相觑（qù）：您看我，我看你，形容大家因惊惧或不知所措而互相望着，都不说话。

衣服,吃着粗劣的食物,出行时,瘦马一匹、旧车一辆,对那些一向挥霍惯了的府丞属吏,显然是一个很大的约束。

有一天,一位老府丞给他送来了一条当地有名的特产——白河鲤鱼。羊续拒收,推让再三,这位府丞执意要太守收下。府丞走后,羊续将这条鲤鱼挂在屋外的柱子上,风吹日晒,成了鱼干。后来,这位府丞又送来一条更大的鱼。羊续把他带到屋外的柱子前,指着悬挂的鱼干说:"你上次送的鱼还在那里,请你一起拿回去吧。"这位府丞甚感羞愧,悄悄地把鱼取走了。

## 杨震四知

杨震(？—124),字伯起。弘农华阴(今陕西省华阴市东)人,东汉时期名臣。

杨震被任命为东莱太守后,在赴任途中,经过昌邑,就到驿馆留宿。从前他举荐过的荆州秀才王密正任昌邑县令。晚上,王密前来拜见杨震,并取出十斤金子要送给他以答谢他的知遇❶之恩。杨震拒而不受,说:"老朋友了解你,你怎么不了解老朋友我的为人呢?"王密急切之下说:"现在是深夜,没有人会知道。"杨震说:"天知、神知、我知、你知,怎么说没有人知道呢?"王密只好惭愧地离开。

杨震奉公廉洁,从不接收私人的馈赠。老朋友们劝他为子孙购置一些产业,杨震不愿意,说:"让后代人说他们是清官的子孙,把这个'荣誉'留给他们,不也是十分厚重的吗?"

## 雷义辞谢

雷义,是东汉年间豫章郡(今江西省南昌市)人。

雷义任郡公曹的时候,曾经依法使一个原拟判死刑的人免受死罪。这个人出狱后,给雷义送去2斤黄金,以答谢他的救命之恩,但雷义坚决不收。后来,这个人趁雷义家里没人,将黄金悄悄放到了他家的天棚

---

❶知遇:指得到赏识或重用。

上。好多年后,雷义家整修房屋时,发现了天棚上的黄金。因为这个人已经去世,雷义就将黄金交给了官府归公。

## 包拯贡砚

宋朝著名清官包拯曾做过端州(今广东省肇庆市)知州。端州出产一种名砚,是朝廷钦定的贡品,和湖笔、徽墨、宣纸一道,并称"文房四宝"中的绝品。以往在端州任职的知州,总要在上贡朝廷的端砚数目之外,再多加几倍,留作贿赂京官的本钱。包拯上任之后,一改以往的陋习,决不多收一块。离任时,包拯一块端砚也不拿,就连他平时在公堂上用过的砚台,也造册上交了。

包拯平生没有私下的积蓄。他曾经告诫子孙们说:"我的后代做官的,若犯了贪赃的罪,就不准回到家里来。死的时候,也不准葬在祖坟里。倘若不照我的要求做,就不是我的子孙了。"

## 子罕却玉

乐喜,字子罕,春秋时宋国(今河南省商丘市)人,贤臣。曾任司城,位列六卿。

宋国有人得了一块玉,拿去献给当权的子罕。子罕拒绝不受。献玉的人说:"我给做玉器的师傅看过,说是件宝物,才敢奉献给您的。"子罕说:"你的宝物是这块玉,我的宝物是'不贪',我若是收下你这块玉,你和我的宝物岂不都丧失了吗?还不如各人留着各自的宝物好啊!"那人听后跪下磕头,说:"我是个老百姓,藏着这么贵重的宝物,实在不安全,献给您也是为了自家的平安啊!"子罕于是在城内找了个地方让他住下,又介绍加工玉石的商行帮他把玉雕琢好,卖了个好价钱,然后让他带着钱回家去了。

## 孔觊辞米

孔觊,又作孔觊❶,字思远,南朝时期会稽山阴人,著名的官吏。孔觊为人正直,坚持原则,虽居官多年,但不治产业,一贫如洗。

孔觊曾在南宋朝做御史中丞,名重朝班。当时正遇着京师收成不好。他的弟弟孔道存在江夏做内史官,担心哥哥孔觊穷苦,就差了一个小官,用船载了三百石米来送给哥哥。孔觊见了很生气,厉声对那个小官说:"我在那个地方做官有三年,卸任的时候连路上带的粮食也没有。现在我弟弟到了那儿,没有多长时间,怎么弄到这许多的米呢?"于是喝令那小官把这些米载回去。那小官说:"从古以来,没有载着米向上游行船的。况且现在京师里的米价很贵,还是请您在这里把米给卖了吧。"孔觊坚决不听他的,那个小官没有法子,只好载了那些米回去。

后来,孔道存与堂弟孔道徽请假返回京师,孔觊到码头去迎接他们,看见他们拉了十几船的货物。孔觊装作很高兴,说:"我现在生活很艰难,正需要这些东西。快卸下来吧。"等到卸完船,孔觊严肃地说:"像你们这样贪婪的人,怎么配做官呢?"说完,就命令左右用火把这些货物都烧了。

## 鸣珂杖妻

侯鸣珂是湖南澧州❷人,生于清道光十四年(1834年),在陕西为官多年。

同治三年(1864年),孝义厅遭遇蝗灾,田禾被吃光,百姓户户断炊,外出讨饭。同治四年春,侯鸣珂调任孝义厅任同知。到任后他亲写呈文,报灾于抚台,请求赈济❸。粮食到厅后,他又赶着骡马,将粮食送往乡下。厅衙小吏余言吉,不甘忍受无油粗饭,向一百姓勒索❹了10斤猪油,自留5斤,将其余5斤暗送给了侯鸣珂夫人杨芝香。鸣珂得知后大怒:

---

❶觊(jì):希望;希图。
❷澧(lǐ)州:地名。
❸赈(zhèn)济:用钱或衣服、粮食等救济(灾民或困难的人)。
❹勒(lè)索:用威胁手段向别人要(财物)。

"刮民脂膏,如杀我父。"当即将余言吉削职为民,下令其妻杨芝香将5斤猪油还给百姓,并以受贿罪打了她四十大板。

同治六年九月,车家河保正杨建武在发放赈银时,以其兄、弟、妹三户受灾严重为由,贪污800两纹银,被人告发。侯鸣珂在察访中,杨建武托人偷将5两麝香❶装在他的行囊里,并附上一封信。侯鸣珂发现后,将信拆开一看,上写:"侯大人:吾以兄、弟、妹三户冒名顶领赈银800两,愿与大人平分。再送上麝香5两,请免死罪。"第二天,侯鸣珂即令人将信重抄在一张大纸上,并将麝香用纸包好,上写"贿物麝香5两",让杨建武一手举着抄好的信,一手举着麝香,在车家河、厅城、石嘴子游街三日,第四日即判杨建武死刑。在刑场上,侯鸣珂作诗一首:"斯人为官无所求,誓为百姓解苦愁。社鼠贪污又行贿,不斩贼子决不休!"

## 于谦清风

于谦(1398—1457年),字廷益,号节庵,浙江杭州府钱塘县(今浙江省杭州市)人,明朝大臣。

相传于谦12岁的时候,就写出了《石灰吟》这首脍炙人口❷的诗篇:"千锤万凿出深山,烈火焚烧若等闲。粉身碎骨全不怕,要留清白在人间。"这首诗表现了诗人高洁的理想和大无畏的凛然正气。

于谦在做兵部右侍郎巡抚河南、山西时,按当时的规矩,地方官员每年都要到京城接受考查。很多官员为了保住自己的"乌纱帽",都用搜刮老百姓的钱财向京城的上司送礼、行贿。于谦进京前,把自己所管地区百姓的疾苦、要求和治理计划整理好,便准备动身了。手下人劝他说:"你进京不送礼,什么事情都办不成啊!起码带些地方特产嘛!""地方特产?那都是老百姓的血汗,我怎么能拿去讨好上司?"于谦说着,提起两只袍袖对手下人说:"你看,这就是我要带的东西。"手下人弓着身子仔细看了看,不懈地问:"你带的是什么?""两——袖——清——风!"于谦说

---

❶麝(shè)香:雄麝腺囊的分泌物,可制香料,也可入药。

❷脍(kuài)炙人口:美味人人都爱吃,比喻好的诗文或事物,人们都称赞(炙:烤熟的肉)。

完哈哈大笑起来。

于谦60岁寿辰那天,叮嘱管家一概不收寿礼。皇上因为于谦忠心报国,战功卓著,派太监送来了一只玉猫金座钟,却被管家挡在了门外。太监有点不高兴,就写了"劳苦功高德望重,日夜辛劳劲不松。今日皇上把礼送,拒礼门外情不通"四句话,叫管家送给于谦。于谦见了,在下面添了四句:"为国办事心应忠,做官最怕常贪功。辛劳本是分内事,拒礼为开廉洁风。"太监见于谦这样坚决,无话可说,回去向皇上复命去了。

## 成龙青菜

于成龙(1617—1684年),字北溟,号于山,清代山西永宁州(今山西省吕梁市方山县)人。为官二十四年,廉名传遍天下。

康熙二十年(1681年),于成龙被任命为总制两江总督,管理江南江西。于成龙到任后,断然拒绝居住在为他装修一新的府第,拒受礼品,谢绝了接风洗尘的宴会,江宁为之震动。他颁发了《兴利除弊条约》,在条约中郑重声明:"本部院清介自持,誓不受属员一毫馈送。"

于成龙虽身为封疆大吏,但喜欢接近民众,经常身着布衣,微服私访,了解底层情况,访查民间疾苦。而且仍保持着异于常人的艰苦生活作风,每天只吃粗米、青菜,甚至有客人来访时,也仅以他自种的青菜和白饭招待。日子久了,手下人就给他起了一个"于青菜"的绰号[1]。遇到灾荒之年,于成龙就与仆人们一起用糟糠杂米熬粥喝,并说:"如果大家都这么做,就可有余粮救济灾民了。"

康熙二十三年(1684年)四月,于成龙因积劳成疾病逝,享年68岁。门人整理他的遗产,仅有盐米数升、布被一床、袍服一件、靴带两条。百姓们闻讯失声痛哭,纷纷前去总督署祭奠。有的人则在家中为他设立灵位,昼夜焚香祭祀。康熙皇帝闻讯后评价说:"于成龙操守端严,始终如一……实天下第一廉吏。"

---

[1] 绰(chuò)号:外号。

## "不许发财"

1920年5月,爱国将领吉鸿昌的父亲吉筠❶亭病重临终前,语重心长❷地对正担任营长的吉鸿昌说:"孩子,你正直勇敢,为父放心。不过我有几句话要向你说明:当官要清白廉正,多为天下穷人着想,做官即不许发财。你只要做到这一点,为父就死也瞑目❸了。"

父亲病逝后,吉鸿昌便亲笔把"做官即不许发财"七个大字写在细瓷碗上,交给陶器厂仿照烧制。烧好后,他在营中举行了庄严的发碗仪式。他严肃地向全体官兵说:"我吉鸿昌虽为长官,但我决不欺压民众,掠取民财。我要牢记家父的教诲,做官不为发财,要为天下的穷人办好事,请诸位兄弟监督。"他把碗亲手一个个发给官兵,勉励大家要廉洁奉公。

在此后的岁月里,吉鸿昌一直谨遵父亲遗训,恪守"做官即不许发财"的信条,努力做一个为国为民的好官,直至英勇捐躯。

---

❶筠(yún):竹子的青皮;借指竹子。
❷语重心长:言辞恳切,情深意长。
❸瞑(míng)目:闭上眼睛(多指人死时心中没有牵挂)。

# 十二、行效世范

　　按照修德的条目，本书共精选了11个方面的榜样，包括孝老、亲情、仁爱、诚信、义勇、俭朴、勤学、自强、爱国、敬业、清廉。这些都是中华民族的传统美德，我们必须全面继承下来并发扬光大。

　　本书共包含211个典型的道德故事，涉及榜样人物200多个，这些人物的德行堪称世人之典范。我们应该以他们为榜样，正心修德，走一条正确的人生之路。

## 修德四字经

学从良师，行效世范。
道德榜样，永记心间。
珍惜亲情，孝道为先。
仁爱诚信，义勇节俭。

勤学不辍，愈挫愈坚。
爱我中华，敬业清廉。
华夏美德，我辈承传。
人人修德，和谐实现。

# 自强的音符　厚德的乐章

## ——《榜样故事》跋

与福庄先生认识、交往已有二十多年，他厚道礼让、朴实大方、谦虚好学。他现在南皮县教育局任职，工作积极认真，颇有令誉。福庄先生原即是位出类拔萃的中学教师。"师者，所以传道、授业、解惑也。"传什么道？曰"修身齐家治国平天下"也。所以，他深知"修身"对于一个人立世那是再重要不过的了。

做人，要以德为本。福庄先生所编撰的《榜样故事》，便是一部教育青少年学生修身、励志、勉学、奋进的教科书。我读之后，亦觉受益匪浅，况学生乎？如将此书付梓出版，以豁启青少年学生之颛蒙，懦者使强，愚者使智，那是再好不过的了。

我从教五十余年，深知经常地循循善诱地对学生进行思想道德教育，这是办学的第一要务，自古如此，历代如此，如今更不能够例外。福庄先生秉承教学生立德为本的宗旨，博览群书，汲取精华，将古圣今贤、仁人志士二百多人的感人故事，分成十二个章次，用"四字经"串接起来，其心思缜密，做法上乘，学生易读、易懂、易记。榜样的力量是无穷的。莘莘学子在年轻时牢记于心的知识，长大成人后便会成为他们积极向上、奋发图强的力量。此乃有益于社会、功德无量之善举！

优秀的传统不能丢。这本书讲了这么多的好故事，涵盖了我中华民族"孝、悌、友、忠、爱、温、良、恭、俭、让、仁、义、礼、智、信"十五个方面的优秀传统美德。这些美德，当是我华夏之瑰宝，应该继承并发扬光大，使之薪火相传，让中华文明之邦、礼仪之邦更能享誉世界。

我读这本教科书，感觉在思想教育性强之外，还觉得他继承了《诗经》的四字句、现实主义的写法，又有着《幼学琼林》《龙文鞭影》的做法，尤其是《龙文鞭影》对福庄先生的影响更深、更广，所以让人读起来倍感亲切。读过每章的"四字经"，再细研注释的每个榜样故事，真如登阶拣金，一位位先贤今仁历历在目、栩栩如生，其事迹感人肺腑、催人泪下、激人奋进。在他们身上都跳动着自强不息的最强音符，谱写着厚德载物的感人乐章。他们是中华民族的脊梁，值得学习，值得效仿。我不仅为故事中的人物喝彩，也为福庄先生教育青少年学生向圣贤学习而点赞。

青少年学生的头脑犹如一张张洁白无瑕的宣纸，好画最新最美的图画。现在物欲横流，拜金思想在到处泛滥，这应该引起教育工作者的反思。如何用正能量来引导学生奋发有为、克己奉公，是摆在我们面前的首要任务。是时，福庄先生想教育工作者之所想，急教育工作者之所急，胸中存灼见，文章现真情，站在大潮之中的船头，编撰了这部《榜样故事》，引导青少年树立和践行社会主义核心价值观，其内容出自肺腑，鞭辟入里。希望学子们认真学习榜样，发愤图强，珍惜光阴，耽思好学，无愧于前贤今仁。

福庄先生的愿望好，一定能实现，目的明确，一定能达到。

老朽才疏学浅，应嘱赘述，权为后序。

张宝信

2015年10月22日

# 后　记

　　《榜样故事》一书终于要出版了,这个读本的完成应该说经历了一个认真而严谨的研发过程。

　　我从1985年走上讲台开始就从事中学政治学科教学,后来做中学校长,再后来一直从事中小学思想品德学科教研,与德育工作已有了30多年的缘分,感情颇深。

　　多年的教育实践,使我愈益感到作为德育工作者责任之重大,愈益感到当前的中小学德育有待进一步加强。受现在一些小学开展"经典诵读"活动的启发,针对一些教师对古代经典的内容研究不深,对精华与糟粕甄别不够的实际问题,我觉得应该开发一个适合当代小学生的德育文本供学生诵读,在诵读中引领学生继承中国优秀传统美德,弘扬社会主义核心价值观。于是,面向小学中高年级学生编写一个以榜样故事为内容的德育读本的计划逐步成型。

　　2013年春节后,我开始广泛地搜集中国古今的各类道德榜样故事,从《三字经》《弟子规》《二十五史故事》《中国典故故事大全》《龙文鞭影》《德育课本》中的故事,到新中国成立后历届"道德榜样""模范人物""感动中国"人物、"中国好人"等的故事,乃至网络上各种德育书籍中涉及的人物,只要是道德榜样的故事尽可能做到没有遗漏,搜集汇总的故事有上千个。

　　在完成了故事搜集之后,我首先对所有故事做了一次初步的归类,有了一个感性的基础。然后,对历代道德规范的"德目"进行了认真的研析,从"五伦"到"三纲"、"五常",从旧"八德"到新"八德",从"三个主义"、"三德"到"20个字"公民道德规范,再到"24字"社会主义核心价值观。经过认真分析,结合已有素材最后确定,我们的读本共设11个德目,包括孝老、亲情、仁爱、诚信、义勇、俭朴、勤学、自强、爱国、敬业、清廉。其他重要条目,如"守法"、"明礼"、"知耻"等,因缺乏充足的典型素材没有纳入本读本。

接下来,便是对榜样人物和故事进行精选的过程。在人物故事精选时,我坚持做到:必须为真人真事,有史可查,而非传说;人物必须品行高尚,故事必须典型感人;每个篇章基本限定为19个人物,这些人物的事迹尽可能体现每个德目中德育要求的不同侧面;适当照顾古今、男女分布。

之后,就是一个艰苦的创作过程,"修德四字经"的撰写,榜样故事的精编,注音注释的标注等,整个过程中真正是字斟句酌,反复修改,数易其稿。直到2015年春节,读本的初稿才基本完成。

初稿完成后,为了使这个读本更趋于完善,有多位专家和长者也为其倾注了满腔的热情和心血。当代著名心理学家、北京师范大学的张厚粲教授虽已八十七岁高龄,还在百忙中抽时间对书稿进行了审阅,提出了很多修改意见,《榜样故事》的书名就是在她的建议下确定的。南皮县关心下一代工作委员会主任邢家训前辈对书稿进行了审阅,并欣然作序。南皮县原文联主席王清玺先生带病审阅了书稿,并题了词。南皮县原第二中学校长张宝信先生逐字逐词审读了全部书稿,为本书质量把关,并作了《跋》。在与这些前辈的交往中,我一直被他们的敬业精神和学习毅力深深地感动着,从他们身上我真正理解了"活到老,学到老"的真义。

2015年3月,经过南皮县校本课程审查委员会审查通过,《修德四字经》(《榜样故事》原名)开始以校本课程的形式进行实验推广。2015年5月,"《修德四字经》德育校本课程的开发与推广研究"课题被沧州市教育科学规划办立项为重点课题。当年下半年,《修德四字经》校本课程实验学校已达到了34所,实验班级155个,实验教师137人,实验学生近6000人。2016年4月,本课题被河北省教育科学规划办立项为"十二五"规划课题,这充分表明了教育专家对这个读本和课题实验的基本肯定和高度关注。至今一年多的初步试验表明,由于本读本和课程重榜样引领,形

## 后 记

象生动,深受实验学校广大师生的欢迎,本课程的实施对有效落实校本课程计划和切实加强学校德育工作都发挥了积极的作用。

在课题实验过程中,沧州市教育科学研究所的和清元主任对课题的开展提出了很多指导性意见,南皮县教育局局长张立勇、副局长陈敏给予了大力支持和帮助,教育局曲科义、于桂峰、许元明、苑国明等同志倾注了很多心血,确保了实验工作的顺利开展。

总之,这本书是集体智慧的结晶,在此,我对给予过我帮助的各位长辈、朋友、实验教师和学生们表示衷心的感谢。

我衷心期望能有更多的学校师生和学生家长参加到《榜样故事》诵读活动中来,为广大青少年的健康成长竖起榜样,指明方向。

2016年6月10日

读四字经
做高尚人